母は眠る。見事に眠る

ワカヤマ ヒロ

新潮社
図書編集室

母に捧ぐ

母は眠る。見事に眠る

1

「なあ母さん、最近何をやっても上手くいかないんだ」

　母の顔がきょとんとした。僕は苦笑した。

「そっか、そうだね、最近じゃないや。もうずっと前からだ。ハハ……　なあ母さん、一体どうすればいいんだろうね」

「アー」

「仁志と恭子が小さかった頃はとても幸せだったような気がするよ。僕たち家族は二人を中心にまわっていたからね。いつだって一緒だった。それに仕事だって充実していたよ。ちょっと忙しかったけどね。あの頃はさ、まだ上司にも可愛がられて上を目指していたんだ」

「アー」

「でもね、ある時に思ったんだよ。あれっ、なんかおかしいなって。そんなふうに思った時にはもう遅かったんだけどね。一つ歯車がかみ合わなくなるとさ、次から次へとどんどんダメになっていくんだ」

「アー」

「元に戻れないんだよ。どんなに頑張ってもね。そのことに少しずつ気づいていって、気づいたものから少しずつ諦めていくのさ。まあいっか、仕方がないさ、どうせ何やってもダメなんだから、ってね。そういうのがつくづく嫌になったんだ。そういう自分のことがね」

「アー」

「なあ母さん、会社やめようと思うんだ」

「アア?」疑問形のように語尾のイントネーションが上がった。

母は、少なくとも僕の音声に反応はしている。けれどもたぶん僕の言葉を認識しているわけではない。さっきからずっと手と足をバタバタ動かし続けている。この人の頭の中には今、一体何が浮かんでいるのだろう。あるいは空っぽなのだろうか。

毛布がめくれて母の足元でぐちゃぐちゃになっている。それを手にしてふわっと広げ、母の体にかけ直してやった。それからしばらくの間じっと母を観察していた。

ベッドの上で仰向けのまま天井のどこかを見つめている。毛布の襟を両手でつかみ、顎のあたりに引き寄せては、すぐさま胸のあたりまで引き離す。その動作を延々と繰り返している。淡いピンクの患者衣(かんじゃい)からはみ出た足は、左右の膝を交互に曲げたり伸ばしたりしている。手と足が同時に違う動きをしているのだから、ある意味器用ではある。

両足ともぴっちりとした白いロングソックスを履かされている。寝たきりのせいで、左右とも先の方がむくんでいるのだという。血行をよくするためにそれは必要なのだそうだ。この前介護士の立川さんがそう教えてくれた。両膝の曲げ伸ばしは、その締め付けの嫌悪感を払いのけるために母が編み出した運動なのかもしれない。

せっかくかけ直してやった毛布はもうぐちゃぐちゃだ。僕はさっきよりも大きな声でゆっくりと話しかける。

「か、い、しゃ」

「アー」

「や、め、よーと」

「アー」

「お、も、って、い、る、ん、だ」

「アア?」また語尾が上がった。

僕はため息をついた。本当にやめようと思っているわけではない。そんな勇気も覚悟もなければ、やめた後の当てがあるわけでも全くない。

母の動きが緩慢になった。この人なりに疲れたのだろう、天井を見ているその瞼が重くなっている。うつらうつらとしている。眠いのだ。また来よう。僕の愚痴を聞いてくれるのは母しかいないのだから。

僕は立ち上がり、赤い丸椅子を元どおりチェストの脇に置き直した。母の面倒を見てくれる立川さんたちの邪魔にならないように。

「じゃあまた来るね」

「アア?」

「ま、た、あ、し、た」

「アー」

「お休み」

「アー」

母に向かって手を振る。両手で思い切り大袈裟に振ってみる。さすがに母の視線は天井から僕に移る。同時に手足の動きがパタッと止まった。でもそれはほんの一瞬だ。再び視線を天井に戻した。毛布いじりと膝の曲げ伸ばしが再開した。でもそれらの動きはさっきよりもずっとスローになっている。この人はあと少しで眠りにつくことだろう。もう一度、お休みなさい、と声をかけた。

カーテンをめくり、病室を出ると、右向こうに人の気配がした。ピンクの制服を着た看護師が病室に入っていくところだった。

端から端まで百メートルはありそうな廊下には、キャスター付きのワゴンが三つ、四つ見える。そのカゴの中には患者たちのケアに必要な器具やら生活用品やらが入っている。看護師あるいは介護士たちが必要なものを手にしては病室に入り、悪戦苦闘しているのだ。

この階には色々な患者がいる。多くは母と同じような年老いた重度の認知症患者たちだ。彼ら（彼女ら）が食事や入浴で病室を出る時は、例外なく車椅子に乗り、介添えされている。

少なからず別の類いの患者もいる。例えば、顔中を包帯でグルグル巻きにされて右目だけを出している年齢不詳の男をよく見かける。あるいは、鼻にチューブを差し込み、酸素ボンベを肌身離さず携帯している老人がよたよたと歩いている。どちらも何の病気なのかは知らない。

いずれにしても、誰も彼もすぐに元気を取り戻すようには見えない。むしろ着実に悪化の一途を辿っているとしか思えない。もっともそれらは廊下で僕がすれ違った人々のことだ。専ら寝たきりで病室から出ることもできない患者たちのことは、見たことがないので知らない。そこにはもっと切実な姿があるのだろう。

それらの患者たち一人一人に向き合い、看護師たちは体温を測ったり、薬を飲ませたり、点滴を調整したり、痰を吸引したりしている。介護士たちはおむつを替えたり、食事や風呂の世話をしたりしている。僕の知る限り、皆女性だ。

彼女たちは、聞き分けのない患者たちを可能な限り生き続けさせるために（あるいは、可能な限り暴れることなく穏やかに居続けさせるために）、身を粉にして働いている。遠慮を知らない患者たちのわがままは二十四時間きりがない。それなのに嫌な顔もせずに優しい言葉をかけ続ける。あまりにも理不尽で過酷なこの仕事を、何故彼女たちは選んだのだろう。すぐ目の前のナースステーションはがらんとしている。誰もいない。皆、患者のところへ出払っているのだ。

まただ。左隣の病室からヒュウヒュウ、ゼーゼーと息をする声が聞こえる。その音声は、グーとかゴゴーとか、とても激しく聞こえる時もあれば、弱々しくてほとんど聞き取れない時もある。今日はそれらの中間だろうか。ここを通る時はいつも僕まで息苦しくなってしまう。

プルルルルルル……　プルルルルルルル……

突然、電子音がけたたましく鳴りだした。ナースコールだ。この病室の患者が、呼吸が上手くできずに呼んでいるのかもしれない。知らない振りをして足早に通り過ぎる。

エレベーターの昇降ボタンを押す。背後でナースコールは止まない。大音量で鳴りっぱなしだ。それは僕の神経を逆なでする。電光表示が1から2に変わった。2から3。のろい。

6……　7……　ポーン　やっと8。

扉が開く。中に滑り込むと同時に、素早く1と閉のボタンを押す。扉が閉まる。微振動。コール音が遠ざかる。オレンジの光の文字が7に変わった。ホッとした。

再び扉が開いた時、チャイムが鳴っていた。アナウンスが、夜八時で面会時間が終了することを告げている。録音された女の声だ。警備員室で夜勤の誰かが再生ボタンを押したのだろう。それが聞こえるのは、七時五十五分ちょうどの時と、八時まであと僅かの時のどちらかだ。どっちが多いということはない。半々だ。

五十五分きっかりの方は、きっと几帳面な警備員が出番に違いない。反対に八時ぎりぎりの方は、たぶんいい加減な警備員なのだろう。おっとっと忘れるところだった、などと呟きながら慌ててボタンを押しているのかもしれない。腕時計の針は七時五十九分をさしている。今日はたぶんいい加減な方だ。

外に出ると吐く息は白く、ドアノブは冷たかった。エンジンスタートボタンを押す。フロントガラスの前に広がる外来駐車場はガラガラだ。優に三百台は停められそうだが、今は三、四台しかない。平日いつも八時過ぎに乗るバスの影も停留所にはない。今日、日曜の最終便は確か六時頃だったと思う。

休日に見舞いにやってくる家族たちのほとんどは昼間のうちにとっくに済ませたことだろう。こんな時間にここにはいない。今頃は暖かい夕食を終え、こたつに入ってテレビでも見ているのかもしれない。病人のことは頭の隅か外に追いやり、仲睦まじい家族なら、他愛もない会話をしては笑い、幸福な時間を過ごしているはずだ。

フウとため息が出た。アクセルを踏む。

駐車カードを入れると、ゲートの精算機は１００と表示した。三十分超一時間以内だ。ダッシュボードから百円玉を一つつまみ、投入口に入れる。目の前のバーが上がり、お気をつけてお帰りください、と無機質な女の音声が流れた。機械が再生する声はどうしてどれもこれも女のそれなのだろう。

　雨雲が通り去ったらしい。路面が薄っすらと濡れている。西の空に下弦の月が煌々と光を放っている。家に帰るのは億劫だ。かといって寄り道する当てもなければ暇をつぶせるお金もない。それなのに地方都市の休日の夜の道路はどうしてこんなに空いているのだろう。


　カーポートに車を入れ、外に出ても外灯のセンサーは点かない。玄関の鍵も閉まっている。いつものことだ。微かに潮の香りがする。季節風が運んできたのだ。自転車で西に向かって十分くらいペダルを漕げば、見渡す限り日本海の海原が広がっている。

　ドアを開ける。リビングから笑い声が聞こえる。少し強く閉めてバタンと音をさせる。仲睦まじい幸福な時間に水を差すことが心苦しくても、そうしないわけにはいかないのだ。帰ってきたことを知らせるために。

　しんとなった。

　玄関すぐの畳部屋に入る。新築した時、客間のつもりだったのだが、今ではすっかり僕の部屋だ。少なくとも僕には友人もいないから来客などない。可能な限りゆっくりと着替える。その間に、一人、また一人と向かいの部屋から出ていく三人分の足音が聞こえた。それらはそっと階段を上がっていった。

リビングは果たしてがらんとしていた。そのことはむしろ僕をホッとさせる。ラップフィルムにくるまれたオムライスをレンジで温め、機械的に口に入れる。味わうこともない。風呂は毎日僕が最後だ。ぬるくてすぐに栓を抜く。カラスの行水だ。最後にシャワーで浴槽をさっと流しはする。そうしてまたリビングへ。僕がここにいる間は、よほどのことがない限り誰もやってこない。僕が、僕たち家族が、いつからこんなふうになったのかよく覚えていない。ソファで膝を抱え、リモコンのスイッチを入れる。また明日から会社か、と気が滅入る。どの番組のどの画像もどの音声もただ頭をすり抜けていくばかりだ。

そんなふうにいつもと同じ憂鬱な日曜の夜をやり過ごし、部屋に戻って布団に入った。誰かが階段を降りてきて、リビングに入る足音が聞こえた。なかなか寝付けなかった。母のことが浮かんだ。

二週間後に母が死んでしまうことなど知るはずもなかった……

2

(1)

母は一年前、実家の近くの町医者でアルツハイマー型認知症と診断された。嫌がる母を僕が無理やり連れて行ったのだ。

「アルツハイマーズ、ディズィーズ」

医者はＭＲＩで撮影した母のレントゲン写真を見ながら、まるで自分がネイティヴでもあるかのように得意げに英語の発音でそう言った。「ア」と「ディ」にアクセントがあったし、その「ア」は、イギリス人ではなくアメリカ人の方の発音を意識しているのだろう、日本語のアとエの中間音だった。

彼は右足でタンと床を鳴らすと、くるりと椅子を回転させた。そうして最初に母をちらと、次に僕を見て言った。

「要支援1、一番軽いやつね」

母の顔に強張り、戸惑っているように見えた。医者の言葉を受け入れることと拒否することとの狭間でどうしようかと思案しているように見えた。が、よく見ると無表情だった。医者の言葉が理解できずにただぼんやりしているだけのようだった。

「どうする？　薬飲む？　飲んでも改善はしないよ。進行を抑えられるかどうか。効くかもしれないけど、効かないかもしれない。それとも様子見る？」

とても早口だった。嫌な医者だ、と思った。僕は母をじっと見つめた。ごく僅かだが、母が首を傾げたように見えた。

「いりません。様子見ます」僕も早口で答えた。

医者はフンと鼻を鳴らした。じゃあ気になったらまた来て、と言って椅子を回転させた。それきりで、あとは猫背でキーボードをカチャカチャと叩き始めた。ディスプレイに左から右へと文字が次々と現われていく。母のカルテだ。

「ありがとうございました」

医者も看護師も黙っていた。僕の言葉は宙をさまよってどこかへ消えた。母の袖を引っ張り、席を立った。

母の症状はしかし、見る見るうちに悪化していった。その度合いは、僕の想像をはるかに超えていた。母にとっての日常があっという間に損なわれ、奪われていった。そのうちに近所を徘徊するようにもなった。同居する父と弟は、気がつくと母の姿が見えずに慌てた。

いくらもしないうちに歩行が不自由になった。徘徊をすることができなくなりはしたが、家の中でトイレに行くこともままならなくなった。もちろん料理はできない。テレビも見ない。言葉が出なくなり、通じる会話が減っていった。人が人であるために最も大切であるはずの食欲がなくなり、どんどんやせこけていった。

認知症とはそういう病気なのだということを、僕は週末実家を訪れるたびに思い知らされた。一週間単位で信じられないほどにこうも変わってしまうものなのか、と愕然としたのだった。

この病気の進行に個人差はあるだろう。ほかの患者のことは知らない。が、少なくとも僕にとって母の悪化のスピードは速すぎた。あまりにも、だ。町医者の診断から半年後には、要支援が要介護に切り替わり、そのグレードもすぐに上がった。週三、四日のデイサービスに頼るようになったし、その三、四日を除けば、ほとんど貸与ベッドの上で寝たきりだった。

この年の猛暑がさらに追い打ちをかけた。八月の終わりになっても真夏日が続いた。クーラーを効かせても僕たち健常者でさえげっそりとしてしまったのだから、病人にとってはなおさらだったに違いない。母の体力と気力が一気に奪われてしまった。

それでもこの頃の母には、ほんの僅かではあったが、まだまともな思考力があったと思う。好きな家庭菜園のことに関しては必要最小限の脳細胞とシナプスがまだぎりぎり残っていたらしい。

「庭にミニトマトがあるからもいでいきなさい」

か細くて弱々しい声だった。僕は自分の耳を、ベッドの上の母の口元に寄せてやっとそれを聞き分けることができた。

言われたとおりに庭に行き、五つか六つ手でもぎ取った。真っ赤なミニトマトだった。表皮がつややかに輝いていた。酷暑の中で一体どうやったらそのみずみずしさを纏うことができたのか不思議でならなかった。まるで母の体内の水分を奪い取ることでそれらが成り立っているように思えた。

顔を上げると、母がいつの間にか縁側にいた。柱に寄りかかり、やっとのことで立っているようだった。手のひらにのせたトマトを見せてやると、僅かに笑みを浮かべたように見えた。花が大好きな母が種を植えたのだろう、軒下に一本のひまわりが大きな花弁を開かせていた。母の代わりに笑ってくれているような気がした。

母が何か言いたげだったので傍に寄った。

「また来なさい」息の漏れるような声だった。

うん、また来るよ、と答え、その場を後にした。結局それが、僕が見た母の最後の立ち姿であり、母と僕との最後のまともな会話だった。

その次の週末、母はベッドの上で虫の息だった。またひと回り小さく縮んでしまったように見えた。もし瞳が僕の人差し指を追わなかったなら、死んでいるとしか思えなかった。

救急車を、と僕は弟に言った。弟は何も言わずに電話をした。足腰の弱った父は廊下をただうろうろと行ったり来たりしていた。

十五分後に救急隊員が二人やってきた。一人が母の耳元で、大丈夫ですかあ、と声をかけた。母はほとんど反応しなかった。隊員たちは母を手際よく運び、弟が救急車の後ろに乗り込んだ。僕と父は僕の車で後を追った。

市民病院に着いた時、母は四人部屋の窓際のベッドに寝かされていた。他の三つのベッドは空いていた。左手の甲に点滴の針が刺さっていた。千ミリリットルと表示された透明のバッグが専用のスタンドにぶら下がっていた。水滴が、ポタッ、ポタッ、と透明の管に向かって落ちていた。母は目を閉じていた。

「とりあえず点滴で様子を見るんだってさ」と弟が言った。医師がそう言ったのだと付け加えた。「あと、これ書いて」

弟が差し出したのは、バインダーだった。Ａ４縦の用紙と黒のボールペンがはさんであった。ご家族緊急連絡先とある。僕は、父と弟が書いたその下の欄に、自分の名と続柄、それと電話番号を記入し、ベッドの脇のチェストの上に置いた。

しばらくして男の医師が姿を現わした。五十前後だろうか、僕よりいくつか年上に見えた。医師はチェストにちらと目をやり、バインダーを手にした。そうして僕たち一人一人を見、僅かに首を傾げた。

「お兄様はどちらですか」と言って医師は僕と弟を交互に見た。

「はい」と言いながら僕は右手を少しだけ上げた。ずっと黙っていたせいなのか、病院の匂いで気分が重くなったせいなのか、はいは思いのほか小さな声になった。医師が僕をじっと見て頷いた。

「まずは点滴で元気になってもらいます」と医師は言った。「その上で食事をしっかりとれるようになることを目指します。そうなったら退院です」

彼の目は自信に満ちあふれていた。大丈夫、私を信じて全てお任せください、とその目は語っていた。少なくともあの町医者よりはずっと医者らしかった。父は医師の説明に何度も首を縦に振り、礼を言った。

が、僕には母にそんな日が訪れるとはとても思えなかった。弟も同じだったと思う。神妙な顔をしていた。

案の定、母の容態は危機的な状況を脱しはしたものの、一向に改善する気配がなかった。母は何も食べられず、点滴だけが施された。それでもそのおかげでかろうじて母は生きていた。けれども言葉というものをすっかり忘れてしまったようだった。僕を見ても僕だと分からないみたいだった。何か奇妙なものを見ているような目つきだった。

が、違和感とか束縛感とかの類いには脳が正常に機能しているみたいだった。その証拠に母は唯一の生命線であるその点滴を嫌がり、しばしば自分で針を抜いたらしい。それを防ぐためにと、いつしか母の両手には水色のミトンがはめられ、手首はバンドで締め付けられていた。先端に分け目がなく、親指さえ自由にならないその医療用の丸い手袋は、一度装着されたら最後、二度と自分では取り外せない代物のようだった。

母は、そのミトンを壁やベッドの手すりに何度も何度もこすりつけ、必死に取り外そうとしていた。クーラーが効いているのに顔から汗が噴き出ていた。病室を訪れ、その姿を目の当たりにするたびに僕はとても切なくなった。一体誰がこんな残酷なものを発明したのだ、と誰でもない誰かを恨んだ。

「可哀想ですが仕方ありません」と僕よりずっと若い女の看護師は淡々と言った。

　あまりにも母がミトンを嫌がるので、何度か外されたことがあったらしい。するとやはり勝手に点滴の針を抜いた。そのたびに看護師は、血管のありかを求めて何度も針を刺し直さなければならなかった。母の痩せこけた手に青い筋がほとんど見当たらなかったからだ。だからその甲には目を覆いたくなるほどのいくつもの赤黒い点の痕があった。

　そんなことだったから、母は入院していくらもしないうちに、要注意患者として個室に移された。が、そうした母の反抗はある時パタッと止まってしまった。まるで何もかもを諦めてしまったかのように。

(2)

　いつしか母はただ仰向けになってじっとしていた。文字通り骨と皮だけになってしまい、肌はカサカサしていた。目はうつろで宙のどこかを見ていた。

　医師はたまに病室にやってきて、何度も首を傾げてみせた。おかしいですね、こんなはずじゃなかったのに、とでも言いたげに。

「もう少し様子を見ましょう」と彼は独り言のように言った。

けれども入院して一か月近くが経過した頃、さすがに医師の表情は硬くなっていた。あるいはその顔つきは、次の手段を納得してもらうためのカモフラージュであったのかもしれない。彼はある日、僕たち家族に提案し、決断を迫った。

「もはや点滴だけではだめですね。このままではもちません。ちゃんと口から食べものを入れて体の中にしっかりと栄養を取り入れる必要があります。ですが、お母様は食事をとることができません。といいますか、食事をとろうとしません。そういう意思を持つことができない状態にあります。あるいは本能としての食欲がすっかり欠落してしまったのかもしれません」

「ではどうすれば……」と僕は尋ねた。

「胃ろうです」医師はその質問を待っていたとばかりに即答した。

「イロウ?」

「ええ、胃ろう」

「何ですか?　それは」聞いたことがなかった。

「胃に穴を開けて管を差し込み、そこから栄養を補給するのです。そうすれば元気になる可能性があります」

想像して僕の胃の方がぎゅうと締め付けられた。微かだが、吐き気さえ覚えた。弟も父も黙っていた。

「今この場で決めなくていいです。ですが、どうされるかご相談ください」と医師は穏やかに言った。

「いつまでに?」かろうじて僕の声が出た。

「そうですねえ……」

患者の家族に対して悪い宣告をする時にいつもそういう表情をしているのかもしれない、医師は口をキリッと結び、眉間に深い皺を寄せた。

「今度は外科の医師も必要になりますから、できれば二週間以内に。それがタイムリミットだと思います」

「あの」僕は恐る恐る口を開いた。

「何でしょう?」

「その胃ろうってのをしないと、母は?」

「お亡くなりになられます」

「どのくらいで?」

医師は僕のこの質問に対して黙り込み、両目を上に向けた。二つとも白目になった。何かを考える時のこの医師の癖なのだろう。

ふと高校一年の時の数学の教師のことを思い出した。僕たち生徒が質問をするたびに、彼もまた白目になった。正確で無駄のない答えを口にするためにその眼球の動きは必要であるようだった。悪魔のように膨大な量の宿題を出した。だから誰かが最初に白目（シロメ）サタンとあだ名を付けた。すると、いくらもしないうちに僕たちは皆、その教師のことをシロサタ（姓のタナベよりも文字数が多く、かつ発音するために多少の滑舌の良さを必要とするのにもかかわらずだ）と呼ぶようになった。

　医師は黒目に戻して、母をちらと見た。

「早ければ三、四週間」と深刻そうな顔をして言った。

「遅くても？」と僕は尋ねた。

　医師は少し首を傾げた。また白目になった……　黒に戻った。

「二か月、でしょうか」

「では、胃ろうをすればどのくらい生きていられますか？」

「最低半年、長ければ三、四年」と彼は即座に答えた。張りのある声音だった。

「先生は、どちらがいいと思いますか？」

「もちろん」と言って医師は僕たち三人を一人ずつ見た。「胃ろう、でしょう。胃ろうをお勧めします」

　父だけが頷いた。

「胃ろうをしないという選択もありなのでしょうか？」半ばムキになって僕は尋ねた。

「そうですねえ……」

彼は僕の中の反抗心を察知したのだろう、一層穏やかな声音で続けた。

「それもありだとは思います。最終的なご判断は、当然ですが、ご家族の皆様にお任せします。今ほどお話ししました提案は、医者ではありますが、あくまで第三者としての私からの助言に過ぎないと受け止めてください」

医師は深々と会釈すると、くるりと背中を向けて病室から出て行った。背筋をピンと伸ばした威厳のある後ろ姿に見えた。

僕と父と弟は互いに顔を見合わせた。誰も口を開かなかった。それからしばらくの間三人ともただ母を見ていた。ほかに何もしようがなかった。
三、四週間以上二か月以内……
そうしたくなくても僕は目の前の母に賞味期限のようなそのレッテルを貼ってしまった。


どうするか三人でちゃんと話し合ったのはリミットの二週間後だった。母の病室で待ち合わせした。僕は父と弟がやってくるまでの間、ただじっと期限付きの母を見ていた。母の両目は相変わらず空虚で、上を向いたままどこでもないどこかを見ていた。

三人揃うと、一階のラウンジに移った。認知機能に重度の障害があるとはいえ、その母の目の前で本人の胃に穴を開けて管を通すべきかどうか、話せるわけもなかった。

日曜日の昼下がり、通院患者用のその場所には誰もいなかった。高窓から太陽光が注ぎ、フロアの一角だけをまぶしく照らしていた。それ以外は対照的に薄暗かった。僕たちはその沈んだ空間の方のテーブル席に座った。

医師に告げられてから二週間、僕も弟もインターネットで胃ろうについて調べていた。二人とも反対だった。僕はどうしても腹に穴の開いた母の姿を想像することができなかった。点滴の針の代わりに、今度は胃に差し込まれたチューブを必死に抜こうとする母のイメージしか浮かばなかったのだ。抜いたチューブから流動食がベッドだとか壁だとか床だとかにビチャッと飛び散る様子を想像しないわけにはいかなかったのだ。

実家で衰弱しきっていた母のことを今さらのように思い出した。あの時の母はとても穏やかな顔をしていた。救急車を呼ばずに自宅で静かに死なせてあげた方が、母にとっては幸せだったのかもしれない。なんとなくそう思った。

父はしかし、胃ろうにこだわった。

「少しでも長く生きていてほしい。元気になるかもしれないと先生も言っていたじゃないか。きっとまた母さんと話ができるさ」とすがるように言った。

「もう戻らないと思うよ」と僕は言った。

「いや、きっと元みたいに歩けるようになるさ」

「じゃあ、先生にもう一度確かめよう」と弟が言った。「今日はいるらしいから」

そうだね、と僕は賛同した。僕たちは病棟に戻った。

医師はナースステーションで忙しそうに看護師たちに何かを指図していた。が、僕たちの姿を見つけると中断し、別室に案内してくれた。

医師はこの前と同じ説明を繰り返した。僕は黙って俯いていたが、話が途切れた瞬間に口を挟んだ。

「それで、先生のおっしゃる母の元気な姿というのは、具体的にはどのようなイメージでしょうか？」

「ああ、それはなんというか……　鋭い質問ですね」と言って医師は口をへの字に曲げた。あなたは嫌な聞き方をするね、と言いたげな顔に見えた。ほら、やっぱり。白目になった。

たたみかけるように僕は尋ねた。

「食事をとることができるようになるということですか？」

「そうですね」と言いながら医師は黒目に戻した。「つまり胃ろうで栄養をとりながら、食欲を復活させる。そして口からものを食べさせるということです。少なくとも点滴は不要になります」

前と同じ説明だった。

「では歩けるようになりますか？」

「それは無理です」と医師はきっぱりと言った。

僕は父をちらと見た。父は口をギュッと結び、眉間に皺を寄せた。

「では会話はどうでしょう？　普通の会話ができるようになりますか？」

「それもちょっと……」と言いながら医師は首を傾げた。「無理です。もうだいぶ進行していますから」

「つまり……」と僕は整理して言った。「仮に元気になったとすれば、ベッドに横たわったままではあるけれど、食事はとることができる。しかし普通の会話はもうできない。歩くことはもちろんできない。ということですね？」

「そういうことになりますね」と医師は言った。

「分かりました」

そう言って僕は弟をちらと見た。彼は僅かに頷いた。これ以上はもう聞かなくていい、という合図だった。その横で父はひどく顔を歪めていた。自分の思い描いていた母の回復する姿とのギャップが大きすぎたのだろう。

僕たちは医師に礼を言い、もう一度ラウンジに戻った。太陽が雲に隠れてしまったようだった。まぶしい光はどこにも見当たらなかった。

父は、僕と弟が胃ろうに反対だと明言すると、分かったと小さく呟いた。その時の落胆しきった父の様子になんとなく気が引け、決断を医師に伝えたのは翌日になった。

「そうですか」と彼は言っただけだった。
最初の医師の宣告から既に二週間が経過していた。
母に残された命は、長くてもあと一か月半。
僕はあの時心の中でそう自分に言い聞かせた……

3

日曜の夜が憂鬱であろうがなかろうが、月曜の朝は必ずやってくる。その寝覚めのひと時は、僕にとって日曜の夜よりも遥かに憂鬱だ。その度合いは家を出、会社に近づくにつれてさらに増していく。そうして自分のデスクに辿り着いた時、毎週決まって同じようなことが頭に浮かぶのだ。

(きっと出世する上司ほどオンとオフの切り替えが上手いことだろう。ゴルフとか釣りとかドライブとか自分の趣味をちゃんと持っていて、休みの日にはそれらに没頭しているに違いない。が、得てしてそうした時ほど、何の脈絡もなくポッと妙案が浮かぶものなのかもしれない。仕事の、だ。そこには必ず職場の誰かの顔がついて回る。その顔の主がうだつの上がらない部下なら、どう懲らしめてやろうかとほくそ笑んでいるかもしれない。どうであれその妙案を忘れないようにと、手帳とかスマホとかにメモする。そうして今日この月曜の朝にそれを実行するものなのだ）

こうした予感はしばしば当たる。こんなふうに……

「小林さーん」不機嫌そうな低い声。

ビクッとして振り向いた。課長が呼んでいる。さっさとこっちに来て、といった感じで右手がひょいひょいと手招きしている。

席を立ち、急ぎ足で課長の前に行く。一つ年下。顔を露骨にしかめ、首を横に振っている。見るからに、話にならんな、といった感じの顔つきで。その左隣、僕と同期の課長補佐は知らない振りをしてパソコンの画面を見ている。

「これは何ですか？」

課長はそう言ったきりで目を合わせようとしない。デスクの上で資料をパラパラとめくっている。黄色の付箋がいくつもついている。僕が作ったペーパーだ。最近の建築資材と電気代の高騰がどのくらい会社の経営を圧迫しているかまとめといて、と彼に言われて先週渡したそれだった。

「は？」何を聞かれているのか分からなかった。

「ですから、私、指示しましたよね。小林さんに」

そう言って課長はようやく顔を上げた。睨んでいる。右手がこぶしになり、手首が上を向いた。その中指の第二関節がデスクをたたき始めた。

コツ、コツ、コツ、コツ、コツ、コツ……　耳障りな音。

「は？」

丸きり見当がつかない。首を傾げてしまった。すると、課長はフロアにいる約二十人の社員全員に聞こえるくらいに、はあー、と大げさなため息をついた。

「過去五年分って言ったよね」

いや、三年分って言ったはずだ。

「太陽光パネル入れたら電気代どのくらい浮くか試算してって言ったよね」

いやいや、そんなことは言ってない。電力会社と基本料金の契約を見直せないか検討してくれ、とそれだけだった。反論しようとしたが、言葉が出なかった。

「ダメだこりゃ。はい、もういいです」

黙ったままでいると、はいはい、もういいです、と課長はもう一度言った。ほとんど同時に僕に向かって右手のひらを押し出して見せた。あなたにはもう用はないというジェスチャーだ。

「すみません」とどうにか声を出した。

課長がシッシッと手を振ったので、その場を去るしかなかった。

「タッケシタくーん」

課長が僕の部下を呼んだ。親しみのこもった声音だ。小走りしてくる竹下君は、僕をちらとも見ずにすれ違った。八つ年下の優秀な部下だ。

席に戻ると、係の誰もがパソコンを睨んでいた。

「そうそうそう」後ろから課長の機嫌の良さそうな声が聞こえる。「そう。さすが、竹下君」笑い声がした後、竹下君はすぐに戻ってきた。課長とのほんの短いやりとりで意思が通じ合ったようだった。

「係長、これ私やっておきますから」と竹下君は言った。僕のペーパーを手にしていた。

「課長は何だって?」

「いや大したことないですよ。係長が間違うはずがありませんから。課長が何か勘違いでもしたんじゃないんですか。気にしない方がいいですよ」

彼ははぐらかすように小声でそう言った。それからすぐにパソコンのキーをカチャカチャと叩き始めた。もうこれ以上話しかけないでください、とでも言いたげに。

「すまない」息の漏れるような声になった。

竹下君はパソコンを睨んだまま小さく頷いただけだった。

こうした僕のみじめな様子を周りの誰もが見て見ぬふりをしている。全員グルになって僕が自発的にこの会社から去っていくように仕向けているに違いないんだ。

そんなふうに卑屈に考えるようになってから、もう随分長い年月が経ったような気がする。いつも下を向いてくよくよしている。誰かに嫉妬している。何もすることがなくてただここに座っているだけだ。だから時間が過ぎるのがひどく遅い。中でも月曜は断トツだ。本当に遅い……

――カーンコーン

やっとチャイムが鳴った。何人かが財布を持って席を立ち、何人かがケータリングの弁当を机の上に置き、何人かが自前の弁当の包みを開いていた。僕だけがどうしようか迷っている。昼食のことでさえまともに判断できない。はあ、とため息をついたその時、デスクの電話が鳴った。

「はい、……」続けて所属と自分の名を口にしようとした僕の声は、相手の声に遮られた。

「ごはん！　どうせまだ決めてないんでしょ！　下で待ってる！」

その声は僕の返事を待つこともなく、プツッと音がして途切れた。僕はしかし、その電話に救われた。財布を摑んでフロアを出た。

エントランスにたどり着いた時、真弓は腕組みをして立っていた。

「おっそいわ」

「ごめん。エレベーターがなかなか来なかったんだ」

「ほんっとドンくっさいわよね」

「仕方がないよ」

「階段使えばいいでしょーが。たった五階なんだからさ」

そう言って真弓はスタスタと歩き出した。右手にこげ茶色の大きな財布を持っている。現金主義で電子決済を極端に嫌っている。それにしても一体何が入っているのか、それはいつもはち切れそうなくらいにパンパンだ。

対照的に顔と体はほっそりとしている。四十半ばなのに昔から変わらない。だからベリーショートの髪型も似合うのだ。いつもパンツスーツ。入社以来、スカートを穿いているのを見たことがない。ピッタリと体にフィットした濃紺のスーツが均整のとれたラインを一層際立たせている。

十二月だというのに外は晴れていて暖かかった。真弓は大股でぐんぐん前を行く。追いついて横に並ぶのに小走りをしなければならなかった。

「トモちゃん元気？」と真弓は前を見たまま言った。

「うん。たぶん」

「たぶん？　何それ」

「いや、元気だよ。少なくとも見かけは。だけど彼女の内面のことまでは知らない」と慌てて言った。

「は？　そんなクッソ真面目な返事聞きたくもないわ。それにしてもあきれるわね。自分の奥さんのことでしょーが」

真弓はスピードをさらに上げた。明らかに不機嫌になった。彼女の感情が喜怒哀楽のうちのどれで、それがどの程度かということはいつだって大体分かる。僕も足を速める。

「しょうがないんだよ。だってさ、ほんとにあまり口きいていないから」

真弓は何も言わない。黙ったままだ。

ロイヤルホストに差しかかった。彼女がちらと窓ガラスに目をやる。その視線を追う。まだいくつか空席があるようだ。真弓は僕の方を見向きもせず、店の入り口をただ指さした。ここにするわよ、文句ある？　という意味だ。と、そのままさっさと中に入って行った。

入り口で若い女の店員が、二名様ですかと尋ねたが、真弓は返事をしなかった。見りゃ分かるでしょ、と背中が語っていた。慌てて後ろから身を乗り出し、二人です、と僕が言った。

店員は通りに面した窓際へと案内した。席に着くなり、真弓は、コスモドリアを一つと言った。彼女がこの店でそれ以外のものを注文したのを聞いたことがない。

即座に、僕も、と言った。

チッ。真弓が軽蔑するように舌打ちをする。

が、いちいちメニューを見ていたらそれこそ機嫌を損ねる。彼女の前では常にスピードを優先させなければならない。

まだ気を抜けない。コスモドリアをお二つですね、と店員が復唱した。ほら、やっぱり、真弓はプイッと窓の外に顔を向けた。僕はまたもや慌てて、ええ、二つです、と受け答えをしなければならなかった。店員は口角をキュッと上げて笑顔を作りはしたが、かしこまりましたと最後まで言い切らないうちにくるりと背を向けて行ってしまった。

　真弓がおもむろに視線を僕に移した。

「また課長にやられたんでしょ」と彼女は言った。

「どうして……」見抜かれて言葉に詰まった。「そんなことが分かるの？」

「分かるわよ、そんくらい。あんたの顔見りゃ」

「どうして？」また繰り返した。なんて間抜けなリスポンスなのだろう、と自分ながら呆れてしまう。

「あのさあ、少しは言い返したらどうなの？　年下でしょ、あんたんとこの課長。あいつ大っ嫌い。威張り散らしてばっかじゃん。パワハラだわ」

　君がそう言ってもあまり説得力がないよ、種類は違うけれど、君にも同じような匂いを感じる、と心の中で呟く。

「こっちが下手に出てやってんのにいい気になって。あいつ、私の言うこと、なあんにも聞いてくれなかったのよ。ああ、今思い出しても腹立つ。もう、絶対に許さないんだから。ぶんなぐってやりたいわ」

「何かあったの?」

真弓は僕の問いを無視して突然立ちあがり、店の奥へ歩いて行った。トイレだ。

『だってスッキリしておかないと食べた気しないじゃん』

彼女は以前僕にそう言った。ほかの男の前でどうしているかは知らないけれど、僕の前では食前にいつも必ず用を足しに行く。それに割と長い。

真弓が戻ってきていくらもしないうちに男の店員がコスモドリアを二つ運んできた。彼はお待たせしましたともごゆっくりどうぞとも言わなかった。無愛想だった。黙ったままただ二つの皿をテーブルに素早く置いて去っていった。真弓と一緒に居る分には、その方がむしろ良かった。

真弓はすかさずスプーンを手にし、ドリアをすくった。せっかちだ。が、フウフウと何度も何度も息を吹きかけ、冷ましている。猫舌のくせに、と心の中で笑ってしまう。

そんなことだから彼女のドリアはなかなか減らない。その間、会話をする必要がない。と言うより、してはならない。気まずくは全然ない。一生懸命食べている彼女の様子をちらちら見ながら僕の心はむしろ和む。

真弓は最後の一口を口の中に放り込むと、ようやく顔を上げた。僕はとっくに食べ終えている。

「で、トモちゃんなんか言ってなかった?」

「なんかって?」

「だからさあ。私とあんたのこと」

「君と僕のこと?」

真弓は目を逸らして、うん、と言った。

「いや……」僕は首を傾げた。「さっきも言ったけど、まともに会話してないんだ」

「ふーん」と言いながら真弓はグラスの水を口にし、視線を僕に戻した。「まあいいわ」

「よくないよ。自分でも分かってるんだ」

「どうでもいいけどさあ。あんたこのまま万年係長でいるつもり?」

真弓の口から出る話題はいつだって急に変わる。

「そう言われても……　僕が決められるものでもないし」

「はあー、全く、いつからそんなふうになったんだっけ。昔はそれなりに出世欲あったでしょ?」

そんなことは僕が一番よく知っている。

「トモちゃんだって、そう思っているんじゃないの?」

そうかもしれない。僕はもっと生き生きとしていた。真弓の言うとおりだ。一体いつからこんなふうになってしまったのだろう。

「全くもう」と言って真弓はまたため息をついた。

その後に何か言葉が続くように思ったが何もなかった。

沈黙。

隣の二人組の女が立ち上がった。僕はちらと腕時計を見た。そろそろ職場に戻らなければならない。

「あのさあ」と真弓がおもむろに口を開いた。「今度の土曜、付き合ってくんない？」

その問いが予想外に過ぎたので戸惑った。

「土曜日？　休みの日だよ」

「そうよ」それが何よ、といった感じで僕を睨む。

知子のことを思い浮かべ、少し気が引けた。そんな些細な動揺も真弓は見逃さない。いつだって心の中を読まれる。

「大丈夫。トモちゃんは知ってるから」と彼女は言い足した。

どういうこと？　と聞こうとしてやめた。どうせまともな返事は返ってこないだろう。

「どうすればいいの？」代わりにそう尋ねた。

「後で電話する」

真弓はそれ以上何も言わずにスッと立ち上がった。そうして伝票を手にし、レジの方に歩き出した。慌てて後を追った。別々と言うのが聞こえた。パンパンの財布から金を出し、さっさと先に出て行った。

外に出ると、真弓はもうずっと向こうを歩いていた。僕は追いかけるのを諦めた。

午後が始まった。それは嫌いな午前よりももっと嫌いだ。長いから。でも我慢していれば、必ず終わりはやってくる。時間としては誰にでも平等に過ぎる。

終業のチャイムが鳴り、鞄を手にする。お先に、とは言わないし、お疲れ様でした、と声をかけられもしない。誰もが見ぬふりをしながら僕を軽蔑している。息を止め、その濁った空気の中をスッと通り抜ける。そうやってビルの外に出た時、ようやく少しだけ自分を取り戻せる。

まっすぐ家には帰らない。今日もまた近くのバス停から病院行きに乗る。こういうのをきっと逃避というのだ。

4

(1)

母の話に戻ろう。

胃ろうはしない。だから余命は長くて一か月半。

僕のそのネガティブな予想はしかし、外れた。その兆しのようなものを弟が電話をくれたことで知った。入院してからもうじき二か月が経とうとしていた。病室の窓から真下に見える大きな銀杏(いちょう)の木の葉は、まだ落ちてはいなかったけれど、すっかり黄色に染まっていたと思う。

その時弟は、仕事帰りに病室に立ち寄ってきたところだと言った。声が弾んでいた。

「それでさ……」彼はもったいぶるように急に黙った。

「何？」

「驚くなよ」

「だから何？」

「昨日と今日さあ、母さんしゃべったよ」

「しゃべった？」

「うん」

「話したのか？　母さんと」

「うん」

「何を？」

「季語」

「キゴ？」僕はオウム返しに尋ねた。

「そう、季語」

「意味が分からない」

弟は母のために何かできることはないかと考えたらしい。と、母が元気だった頃に短歌を詠んでいたことが彼の頭に浮かんだ。そういえば、ＮＨＫの講座を受講し、選評してもらったと喜んでいたことがあった、と思い出した。その時母は弟に自慢げに話したのだが、彼は素っ気なく聞き流したらしい。今さらながらにそのことを悔やんだ。

弟は実家でそれらしき短歌集を見つけると、母の病室に持って行った。痩せ細った母は相変わらずうつろな目をして天井を見ていたという。その横で椅子に座り、おもむろに母の短歌を声に出してよんだ。それを何回か繰り返した後で、選評をなぞってやったのだそうだ。するとき、母が口を開いたというのだ。

「もう一回」と母は言ったらしい。

弟が驚いて振り向くと、母は弟の目をじっと見つめていた。それはうつろではなかった。もう一度よんで聞かせてくれという意味だろうと、弟はその短歌を声に出してよんだ。

「もう一回」再び母は言った。

そのやりとりを何度か繰り返した後で母は眠ってしまったのだそうだ。それが昨日のことで、ついさっき見舞いに行った時も同じ反応だったのだという。

「それでさあ、今日はさあ、ちょっと俺の短歌詠んでみたんだよね」と弟はくぐもった声で言った。彼の恥ずかしげな顔が浮かんだ。

「お前が短歌作ったの？」

「うん」

「へえ」

「そしたらさあ、鬱陶しいって言うんだ」

「ウットウシイ？　誰が？」

「母さんが」

「ええっ。母さんがそんなことをしゃべったのか？　どういうこと？」

「だからさ、季語だよ。俺さ、ネット見てちょっと勉強してから作ったんだ。俳句なら必ず季語を入れるんだってさ。一句につき一つが基本なんだって」

「ああ、キゴって、その季語か。で？」

「でもさ、短歌はさ、あってもなくても自由なんだってさ」

「ふーん、そうなんだ」

「だからさ、二つ入れてみたんだ、季語。そしたらそれが気に入らなかったみたいなんだ、母さん」

「で、鬱陶しいって言ったの？　母さんが？」

「うん。キゴ、キゴ、ウットウシイ、ってそう言った。間違いない。さっきネット見直したら、確かにあんまし入れすぎない方がいいみたいなことが書いてあった」

「へえ。どうでもいいけど、どんな短歌作ったの？　聞かせてみな」

「やだよ」と弟は言った。「ナスと打ち水。両方とも夏の季語」

弟がナスと打ち水で一体どんな短歌を詠んだのか想像しようとしたが、思いつくわけもなかった。

「とにかくすごいんだ」弟の声は興奮気味だった。「俺、自分の短歌をレポート用紙にでっかい字でマジックで書いてさ、それを母さんに見せたんだよ。そしたら母さんがそれを手に取って読んだんだ」

「ほんとに？」

「うん。ちゃんと文字を見て声に出したんだよ。そんでもって鬱陶しいってダメ出ししたんだぜ。文章を理解して判断したってことだろ？」

「確かに……　お前の話が本当ならそういうことになるな」半信半疑だった。

「また試してみるよ」


次の日もその次の日も弟の試みは成功したようだった。「つまらない」とか「わざとらしい」とか、同じように感想も口にしたらしい。それどころか、数日後、もっと驚くべき出来事を彼は僕に報告した。

「兄ちゃん、すごいよ」

弟の声はスマホを耳から離してもよく聞こえた。

「どした？」

「食事したらしい、今日」

「食事？　母さんが？」

「うん。さっき看護師さんから聞いたんだ。スプーンを持って自分でちゃんと食べたらしい」

「ほんとか？」僕の声も上ずった。

「うん。すごいね。看護師さんも驚いていた。先生はもっと驚いていたって」

「すごいな。信じられないな」

「ああ。胃ろう、しなくて良かった」と弟は言った。

「そうだな。良かったな」

僕は胃ろうの話を医師から聞かされて以来、病室を訪れるのが億劫になっていた。正直、母の死が訪れるのをただ待っていただけだったと思う。

「母さん、ここのところ肌の艶がいいんだ」

「そうなのか？」

「ああ。兄ちゃんも来れば分かるよ。仕事、忙しいと思うけどさ、母さんも会いたがっていると思うよ」

「そうだな」

とっくに出世コースから外れたから全然忙しくないんだ。そう口にしかけてやめた。

弟の報告から何日も経たないうちに、母から点滴が取り外された。自力で食事ができるようになったおかげで不要になったのだ。

僕と父と弟は久しぶりに三人揃って病室にいた。母はアーアーと声を出し、手足をバタつかせていた。そんな様子を見るのは初めてで戸惑った。まるで年老いた赤ん坊といった感じだった。その反面、うつろな表情はどこかに消え、肌は弟の言っていたとおりつやつやしているように見えた。僕は、それらの変化を上手く受け止めることができずに、しばらくの間ポカンと口を開けていたかもしれない。

「皆さんの判断は正しかったですね。胃ろうをしなくて良かった」

たまたま入ってきた医師は笑みを浮かべてそう言った。まるで将棋の最終局で投了し、タイトルを奪われたばかりの棋士が、敗因について記者から問われている時のような弱々しい笑みだった。

「いいえ、あくまで結果論です」と僕は医師を慰めるように言った。

「正直、想定外でした。素晴らしい。こんなこともあるんですね」

医師はそう言うと、右手で母の頬を撫で、その耳元に自分の顔を寄せた。そうして優しげな声音で話しかけた。

「良かったね、よし子さん。元気になって」

母は、アー、と言って笑ったように見えた。

「ありがとうございます。先生」と父が言った。手を合わせ、何度も拝むようにして頭を下げた。医師は会釈をして病室を出て行った。


母の頭はしかし、もちろん元どおりになどならなかった。認知症とはそういう病気だ。思考回路はどんどん壊れていく。一度切り離された神経は二度とつながらないのだ。

それでも母には何かしらの言葉（「アー」と「アア?」以外だ）を発し、意思表示をするようになったらしい。らしい、というのは、母と会話らしきものが成立する者としない者がいたからだった。成立するのは弟であり、しないのは僕だった。父はその中間だったが、ほとんどは僕と同様であるようだった。

生命の危機がいくらか遠のいたという状況はもちろん望ましいことではあった。その一方で僕は、病室にいる母の姿を不思議な感覚で眺めていた。最初の頃はたぶん奇妙なものでも見ているような目つきで、いつからかは微笑ましく、そうしていたと思う。

そのことについて、もう少しだけ補足しておきたい。

（2）

僕の知っている母は、元来おしゃべりな方ではなかった。いつだって遠慮がちに何かを話した。口やかましい父の文句に反論することもなく、じっと耐えていた。料理の味付けのことだとか、ワイシャツのアイロンがけのことだとか、ほうきの掃き方のことだとか、とにかく生活の中のありとあらゆることだった。

そうした中で忘れられない出来事がある。僕が小学校三年か四年の頃だったと思う。

その日、夕食の支度を終えた母が、僕に赤いリボンのついた箱を見せびらかした。

「何だか分かる?」楽しげにそう僕に聞いた。

分からない、と僕は言った。弟はその時、テレビの前でマジンガーZの再放送か何かに夢中になっていた。

「電気カミソリよ」と母はニコニコして言った。「今日はお父さんの誕生日なの。プレゼントよ。内緒ね」

母のそんな顔をそれまでに見たことがなかった。まるで母自身が誰かからプレゼントを貰ったかのようだった。けれども僕は子供ながらに何となく嫌な予感がしてならなかった。

父が帰ってきて、母は何食わぬ顔をして食卓に食事を運んだ。父は下戸（子供の僕はその頃そんな言葉も意味も知るはずもなかったのだが）だった。晩酌をしない。だからいつものように夕食はさっさとすんでしまった。

母が洗い物を終えてお茶を入れ、テーブルに運んだ。父がそれをズッと口に含んだ時、僕は母が後ろ手に箱を持っているのを見た。その手は父の湯呑みが座卓に置かれる瞬間を待っているようだった。

父はしかし、その赤茶の陶磁器を手にしたままなかなか離そうとしなかった。テレビの画面にちょうどお気に入りの男の演歌歌手が登場し、食い入るように見ていた。こぶしのきいたサビのところで顔がアップになるたびに、僕はその歌手の額の真ん中にある大きなホクロが気になって仕方がなかった。

歌が終わった。司会が次のアイドル歌手を紹介し始めた時、やっと湯呑みがトンと音を鳴らした。と、ほとんど同時に母が箱を差し出した。

「はい、誕生日プレゼント」

父は驚いたような顔つきをした。が、何も言わなかった。しばらくの間黙ったままそれを手にしていた。ただ照れくささを隠そうとして戸惑っているように見えた。そうであることを願った。

「なあにそれ、いいなあ」と弟が食いついた。

「だめよ。それはお父さんの」

母はそう言って弟を引き寄せ、自分の膝の上にのせた。そのまま抱っこした弟の体に自分の顔を隠しながら、こっそりと父の様子をうかがっていた。僕は緊張した。これから父がどんな反応をするのだろうか、とビクビクしていたのだ。

父がゆっくりとリボンをほどいた。右手の小指の爪がセロハンテープを端から器用にはがし始めた。あの頃、大人の男たちは皆、何故か右の小指の爪だけを伸ばしていた。

まるですぐにでも元どおりに包み直すつもりでもあるかのように、包装紙がきれいに剝ぎ取られた。ようやく現われた直方体の箱を父は手にし、それをいくつもの方向から眺めていた。時折、首を左右に傾げた。箱には大人なら誰が見ても電気カミソリと分かる写真があるのにそうしていた。父の顔が次第に曇っていくのが僕には分かった。いつの間にか母の顔も強張っていた。

「何だこれは？」と父が言った。いつにも増して低い声だった。

「何って、電気カミソリよ」母の声音には、ついさっき箱を差し出した時の張りはなく、ひどくくぐもっていた。

「何でこんなものを買ったんだ。もったいない。俺は普通のカミソリでひげを剃るのがいいんだ。返して来い」

そう言って父は箱をテーブルの上に置いた。そして右手のひらでテーブルをバンと叩くと、立ち上がって居間から出て行ってしまった。

母はひどく悲しそうな顔をしていた。今にも泣きそうだった。僕は何も言えずに、ただ黙っていた。弟が母から離れ、その箱を手にした。

「触るな！」と僕は弟に怒鳴った。

弟はビクッとして泣き出した。

「ごめんね」と母が言った。

僕に言ったのか、弟に言ったのかよく分からなかった。あるいは目の前にいない父に向かって言ったのかもしれなかった。

母は箱を丁寧に包装紙で包み直した。それからリボンで括ると、それを手にしたままそっと外へ出て行った。父に言われたとおり、きっと電気屋に返しにいったのだろうと思った。店はもう閉まっていたに違いなかった。けれども母は外に出ないわけにいかなかったのだ。一人になりたかったのだ。

母が父に何かをプレゼントしようとしたのを見たのは、後にも先にもその時だけだった。以来、母から父に話しかけるのをあまり見たことがなかったし、僕と弟に対してさえめっきりと口数が減ってしまったような気がする。母はいつも我慢をしているようだった。ずっとそう思ってきた……

が、今ベッドの上にいる母は違う。食欲を回復してからは全然違う。相変わらず僕の前では、天井を見上げて手足をバタバタと動かしている。話しかけても「アー」と「アア?」しか言わない。

この母は、僕の知っている以前の母ではない。認知症になってしまったことを言っているのではない。どういえばいいだろう。

誰かに気兼ねしたり、束縛されたりすることもなく、ただ母が母としてそこにいる。今まで母を縛りつけていた何かから解き放たれ、まるで新しい人間に生まれ変わったようだった。自由……　そう、母は自由になったのだ。この狭い部屋のこの小さなベッドの上でほとんど寝たきりではあるけれど、あるいは、脳の中の思考の領域も随分限られてしまったけれど、母にとってはきっと自由なのだ。必要なこと以外は遮断し、自分のことだけを見つめている。母はその新しい自分の世界で精一杯、思う存分生きている。

いつからかそんなふうに思い、母を別の人間として眺めるようになった。そうして病院に来てはその母に愚痴をこぼし、すがるようになっていたのだ……

5

結局、月曜日に真弓から何の連絡もなかった。電話もメールも。その後も来なかった。がっかりした。火曜日よりも水曜日に、水曜日よりも木曜日に、より一層がっかりした。会社でばったり会うこともなかった。とうとう金曜日になった。どうせ彼女の気まぐれみたいなものだ。そう考えていた時に終業のチャイムが鳴った。

僕が席を立つのを見計らっていたかのように、課長が僕を呼んだ。

「あのさ、わりぃんだけどさ、過去十年分の売上高と営業損益の推移をグラフで作っといてくれっかな。エーヨンヨコイチ（A4横一）カラーね。売上の方が折れ線、青ね。営業損益は棒で。黒字なら黒、赤字なら赤で」

月曜の朝の定例会議で使うからそれまでに、と彼は言った。そして誰も聞いていないのに、「また今日も専務と飲み会でさあ」と自慢げに呟きながら黒の手提げ鞄を手にし、さっさとフロアを出て行った。

帰り間際の嫌がらせとしか思えなかった。たやすい仕事だったが、気が引けて部下の誰にも頼むことができなかった。自分でやるしかなかった。そのせいでいつもより病院に着くのが遅くなってしまった。


「この前さあ、真弓とお昼一緒に食べたんだけどさあ」

「アー」

「覚えているだろ？　ほら、保育園からずっと一緒だった真弓だよ。小さかった頃何度かウチにも遊びに来たことがあるよ。知ってるはずだよ」

「アー」

「未だに独身なんだ、あいつ。もう結婚する気はないんじゃないかな」

「アー」

「それがさあ、明日の土曜、付き合ってくれって言うんだ。知子は知っているって言うんだけど、そういうのってどう思う？」僕はまだ真弓からの連絡を期待していて、母には正直に話せた。

「アー」

「とは言っても、真弓から何の音沙汰もないんだけどね」

「アア？」

とその時、シャーと入り口のカーテンが開く音がした。振り返ると立川さんが立っていた。

淡い黄色のユニフォームを着ている。介護士の制服だ。後ろ手にワゴンを引いて入ってきた。

「こんばんは」と立川さんが言った。

「こんばんは。いつもありがとうございます」と言いながら、母に話していたことを聞かれてしまっただろうかと恥ずかしくなった。

「よし子さーん、良かったね、息子さんいらして」

「アー」

「今日もちゃんと夕食食べたんですよ」と言って立川さんはちらと僕を見、すぐに母に視線を戻した。そうして母の耳元に自分の顔を近づけ、「ねー、全部残さないで食べたもんね。すごいね、よし子さん」と言いながら母の肩を優しくポンポンと二度叩いた。

「アー」

「よし子さん、明日はお風呂だからね。タオル持ってきたからね。あとおむつもいっぱい入れておくからね」

「アー」

立川さんは手にしていたバスタオルをベッドの脇の備え付けのカゴに入れた。それからワゴンの中のおむつを鷲づかみにし、壁の上の収納棚に突っ込んだ。

「じゃあよし子さん、また明日ね」

「アー」

立川さんは母に向かって手を振り、僕に会釈をした。会話の余韻のようなものを残すこともなく、キビキビとした動きでシャーとカーテンを閉め、廊下へ出て行った。

チャイムが鳴ってアナウンスがあった。腕時計に目をやると、七時五十五分だった。今日は几帳面な方の警備員だなと思った。最終のバスにはまだほんの少し余裕がある。その四、五分間、僕は黙ったまま母を見ていた。相変わらずだ。仰向けで手と足をバタバタ動かしている。不思議だ。その同じ様子をいくら見ていても飽きない。

バタバタが止まった。あくびをした。眠いのだ。

「そろそろ帰るよ。また来るね」

毛布からはみ出た左手を握ってやると、母は目をつぶった。僕はそっと手を離し、椅子から立ち上がった。そうしてカーテンをめくり、出ようとした時だった。母が何かを呟いたような気がした。それは、トモコサン、と僕の耳には聞こえた。

母が元気だった頃、知子に向かって優しくそう呼んでいたことを、ハッと思い出した。驚いて後戻りした。が、母はイビキをかいていた。気のせいだと思った。

駅前行きのバスが正面玄関の脇に停まっている。ここが始発、客は大体いつも僕一人だ。運転手は発車時刻の八時五分ちょうどにアクセルを踏む。平日はこの最終便に乗り、終点少し手前の繁華街のバスターミナルで降りる。そこまで大体二十分。ベンチで五分ほど待ち、県庁行きに乗り換える。そこから十五分、八つ目のバス停で降車。あとは七、八分歩くだけ。だから九時頃には家に着く。

今日も定刻だ。見上げると、仁志と恭子の部屋の明かりがついている。勉強している姿は想像できない。二人とも可哀想に、どちらかと言えば知子よりは僕に似たと思う。

いつものように暗がりの中で鍵を開け、玄関の明かりをつけた。郵便受けに封筒が挟まっていた。僕宛だった。

母のおむつの請求書だった。入院費用は全部父がまとめて支払うことにしていた。が、病室で母と僕が二人きりでいた時に、たまたまやってきた看護師に、紙おむつは専門業者と別契約する必要があると言われ、そのままなんとなく引き受けたのだった。

リビングは豆電球のオレンジの明かりだけで薄暗かった。一度消灯して、またスイッチを押した。知子は彼女の専用になってしまった二階の寝室で趣味の読書か何かをしているのだろう。

電子レンジにラップフィルムのかかった皿があった。またオムライスだった。仁志が好きなのだ。四十秒にセット。その間に冷蔵庫から缶ビール、棚からスプーンを取り出し、リビングのテーブルに運ぶ。

リモコンのスイッチを押すと、くっきりとした目鼻立ちのイケメンのキャスターが画面に現われた。南洋のどこかの島が温暖化の影響で水没してしまう可能性があると険しい顔で告げている。「私たち一人一人に何ができるか考えましょう」と彼はその話題を締めくくった。すると、以降彼の口から出る音声が急に耳障りになった。

テレビを消した。しんとなった。

スプーンの先端が皿に触れる時のカチャカチャ、上下の歯が嚙み合う時のコツコツ、咀嚼物が喉を通る時のゴクッ。それらの音がほぼ一定のサイクルで響く。と、突然ゴォーと大量の水の流れる音が上から聞こえた。二階のトイレだ。

バタン！

仁志に違いない。どうしていつもあんなに強くドアを閉めるのだろう。彼はどこの大学を受験するのだろう。

シンクで食器を洗っている時に階段を下りてくる足音がした。タンタンタンとリズミカルだ。恭子に違いない。この前バスケのユニフォームが物干し場に干してあった。十三番だった。レギュラーになれたのだろうか。

ドアが開いた。ちらと目をやる。ほらやっぱり恭子だ。ピンクのもこもこのスウェットを着ている。冷蔵庫にやってきて扉を開けた。僕の背後から彼女の手がにゅっと現われた。水切りかごにあるコップをつかんだ。炭酸水だろう、プシュッ、シュワーと音がした。僕がここにいるのにやってくるなんて、よほど喉が渇いてどうにも我慢できなかったに違いない。

グッグッと喉を通る音。一気に飲み干したようだ。また手がにゅっと現われ、シンクにコップが置かれた。何も言わずにそのまま去っていった。僕は仕方なくそのコップを洗い、水切りかごに戻した。去年の秋に初潮があったらしく、以来口をきいた覚えがない。

ソファに座り、再びリモコンのスイッチを押した。天気図が現われた。その右下で髪の長い気象予報士の女の子が可愛げに微笑み、この冬は暖冬のようですね、と言った。暖かそうな黄色のタートルネックのセーターを着ていた。そのニュース番組のその天気予報のコーナーを除けば、地上波のどのチャンネルも気に入らなかった。

ＢＳの山の映像に切り替え、消音にした。膝を抱え、ただそれをぼんやりと眺めていた。金曜の夜というだけで安らぐ。立山のライチョウがひょこひょこひょこと低木の隙間を行ったり来たりしている。

と、微かに何かの音が聞こえた。耳を澄ました。スマホだ。電話の着信音だ。慌てて向かいの畳部屋に行った。

鞄の中からスマホを取り出すと、真弓と表示していた。

「おっそいわ。さっさと出なさいよ」つながると同時に不機嫌な声が響いた。「あんた家ん中でもタラタラしてんのね。どうせリビングでボーッとしてたんでしょ？」

「君はひょっとして僕のことを盗撮でもしているのかな？」

「げっ、マジか。図星か。はっ、しょーもな」真弓は吐き捨てるように言った。

僕はため息をついた。

「さっき、トモちゃんに電話しといたから」

「さっきって、いつ？」

「三十分前」

「そうなんだ」

「フン、あんたたちマジで会話ないんだ。ひょっとして帰ってから顔も合わせてないの？」

僕は黙っていた。

「まあ、いいわ。あたしには関係……」と言って真弓は急に黙り込んだ。なくはないか、と小さな声が聞こえた。

「明日のこと？」僕は水を向けた。

「さっきトモちゃんにさ、念のためもう一度確認しといたから。明日、ほんとに旦那借りていいのねって」

「彼女はなんて？」

「どうぞ、だって。お願いします、だって」

「それだけ？」

「それだけ」

真弓はそう言ってから、ごくんと喉を鳴らした。ビールかワインを飲んでいるのだ。彼女の辞書に健康とか栄養とかバランスとかの文字はない。夕食はアルコールが主役だ。ほんのちょっとしたつまみか何かがあればそれで十分らしい。

「じゃあ明日十一時ね」唐突に彼女は言った。

僕の都合とか気持ちとか関係ない。僕は彼女の周りを規則正しく回り続ける衛星みたいなものだ。

「どこ？　に行けばいいのかな」念のために尋ねた。

「は？　決まってんでしょ」

もちろんそれは分かっている。駅前の本屋だ。真弓と待ち合わせをする場所は昔からいつだってそうだ。が、全国チェーンの大型書店だ。広すぎる。その巨大なフロアの一体どこに君はいるのかな？　それを知りたい。が、もう一度そんなことを聞けば、私の勝手でしょ、あんたが探しなさいよ、とか何とか言われるのがおちだ。

「分かった」と僕は言った。

はあー、とあくびをするのが聞こえた。寝る、と彼女の声がしたのとほとんど同時にプツッと電話が切れた。僕はもう一度ため息をついてスマホを枕元に置いた。

リビングに戻ろうとした時、それは再び音を鳴らした。

今度は孝志だった。僕は画面の緑の円を右手の人差し指でスライドさせながら、畳の上で仰向けになった。部屋の中がなんだかいつもより少し暗いのに気づいた。内側の蛍光管が黒い影になっている。切れたのだ。買い置きがあっただろうか。

「兄ちゃん、母さんのとこ行ってる?」と彼は言った。

「ああ、今日も行ってきたよ」

「ふーん、そうなんだ」と言って弟は咳払いをした。「なあ……」

「なんだい?」

「やっぱいいわ」

　僕にとって耳が痛い話なのだろう。普段の弟ならさばさばと話す。が、時々遠慮する。彼には波がある。調子のいい時と悪い時、気分が明るい時と暗い時、安定している時と不安定な時。今はたぶん調子が悪くて気分が暗くて不安定であるようだった。こういう時の弟は腹に溜めたまま結局言わずじまいで終わる。

「母さんと短歌やってる?」会話をつなぐために僕が思いついた話題はそれくらいしかなかった。

「うん、やってるよ。昨日もダメ出しされた」

「お前の短歌のこと?」

「うん、俺の短歌のこと」

「なんて?」

「わざとらしいだって」と言って弟は思い出したように笑った。

　母の話題は彼の気分をいくらかでも上向かせることができるらしい。

「いいな」と僕は言った。

「何が？」

「こっちは全く会話が成立しない」

「だから兄ちゃんも短歌作って母さんに批評してもらいなよ」

「いいよ、遠慮しとく」

「試しにやってごらんよ。そうすればきっと母さんとちゃんと話ができると思うよ。それに結構おもしろいぜ」

「へえ、短歌がか？」

「うん……」少し沈黙。「あのさ……」

「なんだい？」

「母さん、兄ちゃんの話、ちゃんと聞いているんじゃないかな」

「それはないな。いっつも、アーとか、アア？　とかだもん。話なんか通じていないよ」と言って僕は笑った。

「そうは思わないな」弟の声は真面目だった。少しムキになった弟の顔が浮かんだ。

「どうして？」

「なあ、兄ちゃん、ひょっとして仕事上手くいってないんじゃないの？」

「何で？」平静を装った。

「だって母さん言ってたもん」

「ん？」

「兄ちゃんが辛そうだって。仕事のことみたいだって言ってたよ」

「そんな話をしてるのか？」僕は驚いた。

「もちろん会話が成り立っている訳じゃないけどさ。でもさ、断片的だけどさ、母さんがしゃべっていることをつなぎ合わせると、たぶんそういうことを言っているんじゃないかなって、俺の想像だけど」

母は僕の話をちゃんと聞いて理解しているのだろうか？　それでいてしらばっくれているということなのだろうか？

モシモシ……　弟の声で我に返った。

「ああ、ごめん。今度試してみるよ、短歌」と言って話をはぐらかした。

「じゃあまた」と弟は電話を切った。

彼は何を言いたかったのだろう。何も思いつかなかった。


リビングに戻ると、テレビの画面は立山から夏の月山に変わっていた。スプーンカットの雪渓が広がり、遠く向こうにスキーで滑降している小さな人影がある。手前には黄色と白のチングルマが咲き、風に揺れている。その無音の映像をただぼんやりと眺め続けた。

ふと思い出して、廊下に出、収納庫の扉を開けると、ちゃんと蛍光管があった。知子が予備を買っておいてくれたのだ。踏み台も持って畳部屋に行き、蛍光管を取り替えた。それからまたリビングに戻り、音のない映像を見続けた。何も頭に浮かばなかった。いつまで経っても眠くならなかった。

布団に入って目覚まし時計を手にした時、四時を過ぎていた。

6

ピピピピピ……　ピピピピピ……
手を伸ばす。スヌーズ。音が止む。時計を摑む。
10:01
05、06、07、08……　アラームは一分以上も鳴りっぱなしだったのだ。オフにする。
家の中はいつになくしんとしていた。皆出かけたのだろう。急いで顔を洗い、ひげをそった。白のボタンダウンのシャツの上からグレーのスウェットを被り、カーキーのチノパンを穿いた。

玄関で紺のマウンテンパーカーを羽織り、焦げ茶のチャッカーブーツを履いた時、おや？と思った。昨日の夜帰ってきた時に見たのと同じ靴が、三つとも同じ場所にあった。下駄箱も変わりがないように見えた。三人ともいるのだ。まるで僕が家から出て行くのを息を殺して待っているみたいだ。

僕は玄関のドアを開け、ほら今出るよ、と知らせるためにわざと大きな音を立てて閉めた。仁志と恭子が二人ともそれぞれの部屋のカーテンの隙間からのぞき見している姿が浮かんだ。振り向いて見上げたい衝動に駆られたが、我慢した。

小走りで大通りに出た時、乗ろうと思っていたバスがちょうどバス停を走り去って行くところだった。不機嫌な真弓の顔がちらと浮かびはしたが、行ってしまったものは仕方がないとため息をついた。

空を見上げるとどんよりと曇っていた。今にも降ってきそうだ。だとしたら雨だろう。雪が降るほどには気温は低くはない。もうじきクリスマスだというのに。そういえば暖冬だと誰かが言っていた。誰だったっけ？　ああそうだ、昨日のテレビの女の子だ。

看板の時刻表を見ると、次のバスまで十分待たなければならなかった。外気の中で何もしないでじっとしていると、さすがに体が冷えてきた。気象予報士の女の子の可愛らしい笑顔と黄色のタートルネックが浮かんだ。僕は首をすくめ、セーターにすればよかったとちらと後悔した。

バスは五分遅れてやっときた。一番後ろに座った。暖房はほんのりとしていてあまり効いていなかった。乗客は僕のほかに、老人と老婆の二人が乗車口すぐ左の優先席に並んで座っているだけだった。老人はグレーの、老婆はベージュのステンカラーコートを着ている。おそろいに見える。二人とも目を閉じ、うつむき加減でじっとしている。老人は杖を立ててグリップの上で両手を重ねている。老婆は膝の上で淡いピンクの風呂敷包みを大事そうに抱えている。

二人とも母より年上のように見えた。どうやったらその歳で公共交通機関を利用し続けることができるのか、教えてほしかった。が、ベッドの上でバタバタしている母の姿が浮かび、今さら教えてもらっても仕方のないことだと思い直した。

本屋に着いたのはぎりぎりだった。土曜の十一時の書店はまだ閑散としていた。フロアは一階と地階に分かれていて、縦横それぞれ数十メートルの空間に書棚がこれでもかと並んでいる。

直感で一階の文庫本のコーナーに行った。少なくとも十メートルはありそうな書棚が八列も並んでいる。おそらく全ての出版社の全ての文庫本がここに揃っているのだと思う。その最後の列の端の方で本を手にしている真弓の姿を認め、ホッとした。

真弓はベージュのタイトなダウンジャケットを着て、スキニーのジーンズを穿いていた。

彼女の好きな赤いパンプスは、普通の女性なら違和感を覚えるのだろうが、彼女の彫りの深いくっきりした顔立ちと釣り合いがとれ、似合っていた。パンパンの財布がダウンの右のポケットからはみ出ている。

腕時計の秒針がちょうど十一時を指すところだった。真弓は文庫本に集中したままだ。そっと背後に回り、彼女が何を読んでいるのか盗み見ようとした。

「遅いわね」

真弓は振り向きもせずに低い声音で言った。まるで後ろに目がついているみたいだった。思わず、ウッ、とうめき声のようなものを漏らしてしまった。

「ちょうど十一時だけど」と僕は言った。

「は？　女子を待たせるなんてありえないわ、普通」

真弓はまだ本から目を離さない。

「何読んでるの？」ごまかすように尋ねた。

返事はない。彼女の目の前には外国の著者の文庫本が並んでいた。真弓は見るからに分厚いその本の最初の数十頁のあたりを開いていた。その表紙見たさにさりげなく脇からちらと目をやった時、彼女はスッと本を閉じてくるりと背を向けた。そうしてそのままスタスタとレジに行った。僕も後をついていった。カバーは？　と店員に問われ、彼女は首を横に振った。

「パスタ」

外に出ると、真弓は文庫本をダウンの左のポケットに突っ込みながらそう言った。

「あと映画」

昼食にパスタを食べて、その後で映画を見るわよ、と言っているのだ。

「映画？」と僕は聞いた。

真弓は頷いた。

「何の映画？」

「何だっていいでしょ」

僕たちは繁華街の中心部に向かって十五分ほど歩いた。休日のせいなのか、機嫌がいいのか、真弓の歩調は人並みで助かった。


そこは駅前よりもずっと混雑していた。近くにこの街を東西に分断する大きな川があって、リバーサイドエリアと呼ばれている。老舗のデパートに隣接して1990年代に二つの大きな商業施設が建設された。若者向けのテナントショップがそれらのビルの中にぎっしりと入居している。数年前に川のすぐそばにまた一つ新しい建物ができて、映画館はその一角を占めている。

どこからかジングル・ベルが聞こえた。その音楽が流れてくる方向に気を取られキョロキヨロとしていたせいで、前を歩いていたはずの真弓の姿を見失ってしまった。振り返ると、レストランに入っていく彼女の後ろ姿をかろうじて見つけることができた。慌てて後戻りした。

真弓が男の店員に名を名乗ると、僕たちは奥の窓際の席に案内された。予約していたようだった。客はまだ少なかった。僕たちは四人用のテーブル席の窓側に向かい合うようにして座った。

真弓はダウンを脱いで隣の椅子に置いた。オフホワイトのガンジーセーターを着ていた。僕も同じようにパーカーを置いた。やっぱりセーターにすれば良かったとまた後悔した。

「これ」

真弓はやってきた店員に向かってメニューを指さした。彼女の人差し指はパッパルデッレ、い、い、い、い、い、の牛肉の煮込みソースを指し、その目が僕をじっと見ていた。同じでいいでしょ？　そう顔に書いてあった。僕は頷いた。

「これを二つ。あと赤ワインを。グラスね。一番安いので」と彼女は言った。

僕も、と言うと店員はちらとこっちを向いて僅かに頷いた。彼はしかし、主導権がどちらにあるのか既に見切っていたのだろう、すぐに視線を真弓に戻し、聞き返した。

「ワインは食前に？」

「食前に。二つとも」真弓は僕の意見も聞かずに言った。「以上で」

かしこまりました、と言って店員は去って行った。オーダーをメモすることも復唱することもなかった。その点では真弓にとって好ましい店員であるに違いなかった。

いつものように彼女はトイレに立った。窓の外に目をやると小雨が降り始めたようだった。路面にポツポツと小さな黒い点が増えていく。さっきの店員がワインのボトルとグラスを運んできた。目の前でワインをグラスに注ぎ、無言で去って行った。

僕はその二つのグラスに目を見張った。どうやったらこんなふうに赤い液体の高さをぴったりと一致させることができるのだろうと不思議でならなかった。

真弓は戻ってくるなりワインを一口飲んだ。それからおもむろに言った。

「トモちゃんが言いだしたのよ」

「知子が？」僕は驚いて反射的に聞いた「何を？」

「今日のこと」真弓は僕の顔をじっと見た。

僕は混乱した頭の中で文章にしてみた。

「知子が君に何を言ったのかな？」結局を同じ事を聞いただけだった。

「ほんとになんにも聞いていないんだ」と彼女は呟き、ため息をついた。

「どういうことかな？」

真弓は黙っていた。僕も黙るしかなかった。僕たちはただ窓の外を眺めていた。

僕にとってはしかし、真弓とそうしていることは、本当はとても居心地が良かった。会話がなくても、彼女の態度がどれだけ素っ気なくてもだ。そういう時、さりげなく彼女の顔を見た。そうして彼女が今一体何を考えているのだろうと想像するのが好きだった。たまに僕がじっと見ていることに気づいて、眉間に皺を寄せて睨むことがあったが、その顔も好きだった。

店員がパスタを運んできた。二つの皿を音も立てずにテーブルに置くと、伝票を透明のホルダーに差し込み、ごゆっくりどうぞと言って去って行った。

店内を見渡すといつの間にかほとんどの席が埋まっていた。真弓はフォークで少しずつすくいながら食べていた。そんなに熱くもないのに、いつもの癖なのか、いちいちフウフウと息を吹きかけていた。けれどもいつもと違い、ゆっくりと時間をかけているように思った。牛肉のソースを丁寧にパスタに乗せ、一枚一枚味わうように食べていた。

僕も彼女のスピードに合わせた。彼女が食べ終えた時に僕も食べ終えた。彼女が紙ナプキンをとって口を拭うのを見て、僕もそうした。真弓も僕もワインを少しグラスに残しておいた。どちらも、最後に一緒に飲みきって席を立つことにしようといった感じの一口か二口分くらいの分量だった。

「映画何時？」と僕は聞いた。

「二時」

真弓は窓の外を見ていた。無表情だった。真弓じゃない別の女性のようだった。いつもなら分かるのに、今は真弓の感情が、喜怒哀楽のどこにあるのか分からなかった。どれでもないような気がした。目には見えないけれど、真弓と僕との間に引かれた明瞭な境界線のようなものを意識しないわけにはいかなかった。それほど彼女の顔はのっぺりとしていた。僕はそれ以上話しかけないようにした。

店員が食器を下げたのにも彼女は気づかないようだった。僕は手持無沙汰になってしまい、結局、ワインを飲み干した。そうして僕も窓の外を見た。通りを行く人々の何人かが傘をさし、何人かがジャケットのフードを被っていた。何人かは濡れっぱなしだった。

楽しそうに笑っている親子連れがいた。小さな女の子を父親が抱っこしている。そのすぐ隣で母親と男の子が並んで歩いている。母親の右手は黄色の傘をさした男の子の手とつながっている。その反対の左手は開いた赤い傘を父親と女の子の上に差し出し、自分は濡れていた。

不意に恭子を肩車した時のことが頭に浮かんだ。彼女はまだ三歳かそこらだったと思う。春だった。晴れていて暖かなぽかぽかとした日だった。僕たちはどこかの通りを歩いていた。一本の桜の木が満開に花を咲かせていた。肩の上の恭子は、花びらに手を触れてはキャッキャッとはしゃいでいた。仁志が自分にもとせがんだのだが、お前はもう大きいから、と言ってしてやらなかった。仁志が悲しそうな顔をした。知子が横で笑っていた。

何故そんなことをはっきりと覚えているのだろう。どうしてあの時仁志を肩車してやらなかったのだろう。どうして楽しくて幸せだったはずの出来事は、それを思い出す時いつも悲しくなるのだろう。

突然真弓が立ち上がったので驚いた。

「ごめん。ちょっと忘れ物したから一度家に帰るわ」と真弓は言った。真弓のマンションはすぐ近くにあるはずだった。「じゃあ後で。十分前に入り口のところ」

「映画館の？」

「もちろん」

真弓はそう言い残してさっさと向こうへ行ってしまった。カツカツとヒールの音が遠ざかっていくのを聞きながらため息をつくしかなかった。

テーブルには千円札と五百円玉、それに百円玉が三枚あった。彼女のことだ、食事代は税込みで一人ちょうど千八百円らしい。僕は財布から千円札二枚を取り出し、代わりにテーブルの上の百円玉二枚を小銭入れに入れた。いつの間に飲み干したのだろう、真弓のワイングラスも空だった。

それからしばらくの間ぼんやりとしていたみたいだった。目の前で女の店員がグラスに水を注いでいるのに気づいて我に返った。振り向くと、入り口に客が並んでいた。気が引けてすぐに出た。

雨は細く、まばらだった。思っていたほど冷たくはなかった。ワインのせいだろう。なんだかフワフワした。当てもなく、二つの商業施設のうちの一方に入った。

映画までまだ随分時間があった。酔い覚ましに自動販売機で缶コーヒーを買い、そばにあった赤いベンチに座ってちびちび飲んだ。目の前を行き来する人々の何人かが哀れむような目でちらと、あるいはじっと僕を見た。が、それらの誰もが目が合った瞬間にサッと視線を逸らした。僕は途中で一気に飲み干し、赤いボックスの丸い穴の中に缶を投げ入れようとした。けれどもほとんど満杯で人差し指で押し込んでやらなければならなかった。

それからエスカレーターで一番上のフロアに行き、テナントを一つ一つゆっくり見ながら下へ降りた。七階も六階もつまらなかった。眼鏡店やら枕専門店やら登山用品店やらネイルサロンやらだった。どうしてこんなにつまらない空間にこんなにも大勢の人々がやってくるのか理解できなかった。すぐにまた下へと降りた。

五階は生活雑貨店の一社が独占していた。文房具やら食器やら鞄やら掃除用具やらのあらゆる日用品が隙間なく陳列されていた。意外にもそこで夢中になってしまった。たまたま目覚まし時計のコーナーでサンプルを眺めていた時に、あ、と声を漏らしてしまった。どの時計も真弓と約束した時刻まで五分を切っていることを知らせていた。慌てて二階へ下りた。それから映画館のあるビルへと連絡デッキを急いだ。が、人々でごった返していて、思い通りに進めなかった。

道路をまたぐそのデッキの右端を歩いている時に、何気に手すりの向こうに目をやった。

片側二車線の左側は付近の立体駐車場に入ろうとする車で渋滞していた。と、その先のバス停に並ぶ人々に目が行った。

あれっ？　と思った。そこに知子と仁志と恭子の姿があったように見えたからだ。立ち止まって目を凝らそうとした。が、行き来する人々の流れに押し流されるようにその場を通り過ぎなければならなかった。どうせ見間違いだろうと思った。

映画館の入り口に着いた時、時計の針は一時五十一分をさしていた。が、真弓はいなかった。たったの一分を待てずにさっさと中に入ってしまったのだろうか。

その心配はしかし、ガラスのショーケースの中のポスターが目に入ると一瞬でそっちに気を取られ、どこかへ行ってしまった。ずっとその映画のことが気になっていたのだ。

目の前を真弓が通り過ぎて我に返った。彼女は立ち止まることもなければ、僕に声をかけもしなかった。代わりに顎を僅かにクイッと左から右に振った。もたもたしないでついてきて、といった感じで。

真弓はチケットを手にしていて、それを女の係員に渡した。二枚あるのが見えた。係員が会釈し、一番右端の入り口だと告げた。彼女は半券を受け取り、スタスタと奥へと歩いて行った。遅れまいと僕も後に続いた。

真弓が分厚い防音ドアを押し開けると、ザッと摩擦音がした。僕たちが指定席に座るのとほとんど同時に館内の電気が消えた。スクリーンに次回のロードショーの予告が映し出された。大画面と大音量に慣れるまでに一定の時間を要した。
映画が始まった。やっぱり……
ボヘミアン・ラプソディだった。

7
(1)

クイーンを初めて知ったのは、高校二年の秋だ。杉田君が教えてくれたのだ。その頃、僕は中途半端にグレていた。ひと言で言えばそういうことだ。
でも話はそれほど単純ではない。むしろひどく複雑で込み入っている。もう少し前に遡ってそこから話そうと思う。一つずつ、順番に。

中学三年の冬、僕は県内でも有数の進学校を受験するつもりでいた。その高校は僕の住んでいる街から二十キロほど離れ、電車で通う必要があった。定期試験で必ず五番以内に入っていた僕が、受験可能な学区で最も偏差値の高い高校を選ぼうとするのはごく自然なことだった。それなのに……

地元の高校にしなさい、と母が猛反対したのだ。普段は物静かな母が人が変わったように頑として僕の言うことを聞いてくれなかった。逆に口うるさいはずの父は、母と僕の様子をただ傍観していた。僕は自暴自棄になってしまい、結局母に従った。

その一件で天の邪鬼のように勉強をしなくなった。母に対する当て付けだった。高校一年の最初の中間試験で三百六十人中二番目だった成績は、一年後には後ろから数える方が早くなった。サッカー部もせっかくリフティングが連続で五百回できるようになったのに、急にやる気をなくし、冬休みに入る前にやめてしまった。そのせいでジャージの洗濯の回数も極端に減った。

父も母もきっと僕のあまりの様変わりに困惑していたと思う。二人は担任との面談で僕の状況を初めて知った。二人ともしかし、知る前も知った後も僕には何も言わなかった。その頃には僕は親を目の敵にし、何かにつけて、あんたたちが悪いんだ、と乱暴な口をきいていた。

成績に関して言えば、実際のところ、中学の時のようにきれいなノートを作ることで習得する勉強方法では思うような点数がとれないことに戸惑い、焦っていた。そのうちに勉強が手につかなくなって、みるみるうちに成績が落ちていっただけのことだ。

部活の方は理不尽な縦社会にただただうんざりとしてしまったのだ。それは例えば先輩たちのたまり場になっている部室の掃除をしばしば命令され、スープが残ったままで表面に青カビが浮いたカップラーメンの容器を片付けなければならないといったようなことだった。

理由はどうあれ、僕は勉強でもスポーツでも心が折れ、ふてくされてしまった。その自分の体たらくをただ親のせいにしていただけのことだった。

そもそも進学校のことだってそうだった。内心電車通学は駄目だと自分でも分かっていた。朝起きが苦手だったのだ。とても、だ。中学校は家から三百メートルしか離れていなかった。何度も何度も母に起こされながらぎりぎりまで寝ていた。始業十分前になって起きるや否や制服を着、顔も洗わなければ朝食もとらずに家を飛び出した。チャイムが鳴り終わる直前に教室に滑り込むのが常だった。だから朝六時に起きて進学校に通うことなど土台無理だったのだ。

母も父も（特に母は）、僕よりも僕のことを知っていただろう。もし進学校に進んでいたら落ちこぼれ過ぎて、もっとひどい状態になってしまうに違いないと見越していたのだ。あるいは、実際に落ちこぼれてしまった人間に口を出すのは少しも効果がないどころか、反抗心をさらに助長するだけであろうことも。挫折してしまった僕を二人ともただ黙って見ているしかなかったのだと思う。

唯一僕を叱ってくれたのは真弓だった。ちゃんとしなさいよ、というのが口癖だった。

真弓は僕よりも頭が良かった。中学では常に一番だった。彼女には敵わないとずっと思っていた。彼女こそが進学校に進まないことを中学の担任から責められた。が、当の本人は、

「くだらない。学校なんてどこだっておんなじだわ」と言って聞かなかった。

最終的に僕が地元の高校に進んだ理由がもう一つあるとすれば、真弓がそんなふうに廊下で担任と言い合いしているのをたまたま通りすがりに聞いて、彼女の志望校を知ったことがそれであったかもしれない。

その真弓と偶然にも高校の三年間、僕は同じクラスだった。そうして少なくともその最初の一年間、彼女は僕を叱り続けてくれた。が、二年になって気づいた時、もう無関心であるようだった。

彼女の方は有言実行だった。年三回の全国模試なら、成績上位者の順位表が廊下の掲示板に張り出された。その右端は彼女の名前の指定席だった。それを目にすると僕は益々いじけてしまい、歩むべき道からどんどん逸れていった。

どの高校にもそれ相応にいるように、この高校にも短ランを着てボンタンを穿いた不良たちがいた。彼らは（午後の授業をサボっていなければの話だが）放課後になると誰ともなく廃屋と化した校舎の裏に集まった。一年目の夏が過ぎ去り、空にうろこ雲をしばしば目にするようになった頃、僕はそこにふらりと行くようになっていた。彼らはその風貌とは違って僕を暖かく迎え入れてくれた。

そこは教室のある校舎とは反対側の離れた場所にあった。昭和の半ばに建てられた木造の校舎だった。ある時期に内部が改築され、数年前まで柔道場として使われていたらしかった。

が、新しい校舎と運動場ができると用済みになり、県の予算がつき次第、取り壊すことが決まっていた。

僕たちはその古い建物の裏でタバコを吸っていた。彼らと一緒にいると気が紛れた。居心地が良かったその分、いたずらに時間が過ぎ、あっという間に一年が過ぎた。

ある日の放課後、僕はいつものようにその場所に行った。敷地の境界にまばらに立った白楊(はくよう)の木に柔らかな日の光が射し、無数のギザギザの葉が黄金色に輝いていたのをよく覚えている。

一人の影を認めて僕は近寄った。けれどもいつもの仲間たちの誰でもないことに気づいて足を止めた。それが杉田君だと分かって驚いた。思わずポケットの中で摑んでいたタバコから手を離した。

引き返そうと背を向けた時に、後ろから彼が僕を呼び止めた。見れば、白い煙が浮かんでいてタバコをふかしていたのだった。そのことがなおさら僕を驚かせた。どうしようか迷いながら、結局彼の傍に寄った。

杉田君は高校二年の二学期の初日に僕たちのクラスに編入してきた。担任は彼が親の仕事の関係で転校してきたのだと紹介しただけだった。彼の学生服の詰め襟には、高校生はもちろん、中学生でさえしなくなってしまった白のプラスチックのカラーがついていた。

とてもハンサムで物静かな男だった。中背でひょろっとしていた。クラスの誰もが夏休み明けで日焼けしていたのに、彼の肌は白くて女の子のようだった。髪が七三に分かれ（向かって左が七で右が三だ）、とても知的に見えた。

さぞかし勉強熱心なのだろうと思ったが違った。担任によって強引に付け足されたような窓際の一番後ろの狭い席で彼はいつも外ばかり見ていた。たまたまその右隣の列の一番後ろにいた僕は、少しだけ顎を左後ろに引いてはちらちらと様子をうかがったのだが、彼が教科書を開くのを一度も見たことがなかった。

「どこから来たの？」

彼がやってきた初日にそう話しかけた。クラスに打ち解けやすい雰囲気を作ってやらなければならないと思ったのだ。でもその考えはすぐに捨てた。

「あまり言いたくないんだ」

彼が真顔でそう答え、すぐにまた窓の外に目をやったからだ。

話しかけたのはそれきりだった。きっと僕が不良だと見抜いて関わりたくないのだろう、あるいは、誰とも友達になりたくないのかもしれない、とその時はそう思った。

彼はただ自分の席にポツンと座っているだけで、放課後になるとスッと教室を出て行くのだった。部活にも入らなかったし、体育の授業はいつも休んだ。どこか体の具合が悪いのかもしれないと勝手に思った。

一部の女子たちが、彼のいない時にヒソヒソと話しているのを耳にするようになった。いい噂話なのか、悪い噂話なのか、分からなかった。彼女たちも杉田君の評価を決めかねているみたいだった。もっとも真弓はその輪の中には入らなかった。が、彼女が杉田君をとても気にしているのが手に取るように分かった。誰にも気づかれないように彼を見ていた。時折ボーッとしたような顔でそうしていた。彼女のそんな様子を見るのは初めてでひどく違和感を覚えた。その理由はもう少し後になってから分かった。杉田君は、本当は恐ろしく頭が良かったのだ。

どうであれ僕は杉田君にひどく嫉妬するようになった。何故なら僕は幼い頃からずっと真弓のことが好きだったからだ。僕が不良になった理由の一つに、そうなることで真弓が僕を心配したり、叱ったりしてくれることを心のどこかで望んでいたことがあったと思う。実際彼女は杉田君が現われるまで僕にそうしてくれたのだ。だから彼女の関心が僕から離れてしまったことはショックだった。

その杉田君が目の前でタバコを吸っている姿を、僕は上手く受け止めることができなかった。思えば、彼を真正面からちゃんと見たのはこの時が初めてだったかもしれない。穏やかな笑みと混じりけのない瞳に気を取られた。それまであったはずの取っつきにくい印象がスッと消えたような気がした。

とはいえ、彼に対する嫉妬心まではそうはならなかった。君が不良になったら、真弓は益々君に首ったけになるじゃないか。頭の中でそうはっきりと呟いたくらいだった。ところがそうした僕のどんよりとした思いを彼はこともなげに晴らしたのだった。

「小林君はどうして不良になったの？」

杉田君が唐突に口にしたその言葉があまりにもストレートに過ぎたのと、声音に外連味（けれんみ）がなかったことで、僕は思わず吹き出してしまった。彼に抱いていたモヤモヤしたものはいっぺんで吹き飛んでしまい、僕たちは自然に会話をしていた。

気づいた時、僕は自分が不良になるまでのいきさつみたいなものを話していた。誰にも話せずに自分の中で溜まっていた鬱憤（もちろん僕自身に対するそれだ）を杉田君に晴らしていたのだと思う。何故だろう。その時僕は彼に正直に打ち明けることができたのだし、そうすることで随分気が楽になっていく気がしたのだった。

「そっか、小林君は本当は真面目だし、頭がいいはずだものね」

彼はタバコの煙をフーッと細く吐いてそう言った。

「そんなことはないよ」と言って僕はしゃがんだ。コンクリートの地べたにタバコの先を押し当ててもみ消した。「だってビリから数えた方が早いんだよ」

「今はそうかもしれないけど。でも、たぶん、真剣に勉強しようとするきっかけがありさえすればいいだけなのにね」

杉田君に言われると不思議と腹が立たなかった。きっかけか……　と心の中で呟きながら僕は景色をぼんやりと見ていた。白楊の木の向こう側には校舎に並行して川が流れていた。その向こう側はとっくに稲が刈り取られた田んぼが広がっていた。人影はどこにも見当たらなかった。

「僕には分かるよ。こんなところでタバコを吸う人間じゃないくせに。もったいないな」と杉田君は呟くように言った。彼もまた遠くの方を見ていた。

「杉田君こそどうしてこんなところでタバコを吸っているの？　君こそ不良には似つかわしくないよ」

「小林君と友達になりたかったんだ」

「僕と?」聞き間違いかと思った。てっきり嫌われているものとばかり思っていたのだから。

「そうだよ。そのためにまずここに来てタバコを吸うのが一番だと思ったんだ。でも……」と言って杉田君は黙った。

「でも?」

　杉田君は顔を歪め、少し沈黙してから再び口を開いた。

「でも、本当のところは自分でもよく分からないんだ。それに、ここでこうしていることが不良だとか、学校の成績がどうだとか、そんなことは僕にとってはどうでもいいことなんだ」

杉田君が何を言いたいのか、僕にはよく分からなかった。彼の横顔はどことなく苦しそうであり、寂しげだった。でもその時は僕の思い過ごしだと思った。こっちを振り向いた時の彼の顔は穏やかなそれに戻っていたし、優しげな笑みさえ浮かべていた。

僕たちは示し合わせたようにもう一本ずつ吸って帰った。

杉田君はそれからもしばしば校舎の裏に来た。けれどもほかの不良仲間たちがいる時は、一本吸ってサッといなくなった。たまたま僕が一人でいると近寄ってきて話しかけた。あるいは僕が訪れた時に彼しかいない時には、僕の方から話しかけた。

僕たちの会話はしかし、専ら僕に関することで、杉田君は自分のことを話そうとしなかった。僕が彼のことを聞いても曖昧な返事をするだけで、すぐに僕のことに話題を移すのだった。それらは、どんなテレビ番組を見ているのだとか、昨日の夕食はなんだったのだとか、好きな歌手は誰でどの歌が好きなのだとか、そんな他愛もないことばかりだった。それでも彼は僕の話を聞いてよく笑った。

杉田君に驚かされたのは、校舎裏のタバコの件もそうだったが、二学期の中間試験の時の方がもっとそうだった。さらさらと鉛筆の音が聞こえてちらと目をやると、それは杉田君が答案を書いている音だった。

彼は右手の動きを止めることなく、次から次へと問題を解いているようだった。が、まだ半分も時間が経っていないというのに、その手は突然パタッと止まった。そうして後はいつものように窓の外を眺めているみたいだった。まさか、と思ったが、杉田君のその様子は全ての教科においてそうだった。

例によって数学と物理の教科担任は、満点の生徒であれば（とは言ってもそれはいつも真弓一人に限られていたのだが）、答案用紙を返す時にそのことを皆に披露した。いつものように真弓が受け取る時、おぉー、とどよめきが起き、何人かがパチパチパチパチと拍手した。が、杉田君の時にも同じように告げられると、教室はしんとなった。

学内の定期試験の結果は公表されなかったので、杉田君の成績がどの程度なのか、はっきりしたことは分からなかった。それでも、学年トップと誰もが認めていた真弓の成績をひょっとしたら杉田君のそれが上回っているかもしれない、と皆ちらほら噂し始めた。真弓の杉田君を見る目がまた変わったように思えた。

「君はすごいんだね」校舎の裏で僕は彼に言った。

「成績のことなんてあまり意味がないんだ」杉田君は神妙な顔をした。「頼むからそのことで僕を避けないでほしいんだ」

杉田君が顔を歪め、懇願するように言ったので、僕は驚いた。

「まさか。そんなことで避けたりなんかしないよ」

僕がそう言うと、杉田君は少しホッとしたような顔をした。

僕と杉田君はそんなふうにして校舎の裏に来ては話をした。教室では二人とも静かにしていた。僕も彼もほかの誰かと話さなかったし、誰も僕たちに話しかけなかった。

秋が終わりに近づいていた。空が鈍色になった。僕と杉田君は随分仲良くなっていたと思う。その日は、全国統一の模擬試験があった。日曜日に二年生全員（不良たちもだ）が登校させられ、丸一日机にかじりついた。

杉田君はこの時もさらさらと答案を書いていた。最後の数学が終わった時、三時を過ぎていた。長時間の集中から解放され、僕は校舎の裏へ向かった。後ろから杉田君が後をついてくるのが分かった。

白楊の葉はすっかり落ちてしまい、その分遠くの山がよく見えた。随分寒かった。不良仲間たちはしばらく前から姿を見せなくなっていた。僕の知らないどこか別の暖かいところに、タバコの吸える居場所を見つけたようだった。そこに誘われるほどには彼らにとって僕は親密な関係ではなかったみたいだった。あるいは、そこまでは望まない雰囲気を僕が無意識に出してしまっていて、彼らが気を遣ったのかもしれない。

「雪が降ると、ここには来られなくなるのかなあ」と杉田君が呟いた。遠くの方を見ていた。

「うん。去年もさすがに雪が降り始めてから来なかったな」と僕は言った。「冬の間は一本も吸わなかった。吸わないでも平気だし、本当はあまり吸いたいとも思わないから」

「そっか」

　そう言って杉田君は息を殺し、僕の目をじっと見た。まるで僕の眼球の中に僕の本心を知りうる何かがあって、それをのぞき込もうとでもするかのように。その顔はどことなく緊張しているように見えた。

「ねえ、小林君」と彼は口を開いた。

「何?」

「よかったら僕の家に来ないかい?」

「君の家?」僕は驚いた。「これから?」

　杉田君は、食事とかデートとかに誘ったその相手が戸惑いの表情を浮かべた時にほとんどの人がそうするように、慌てて大袈裟に手を振って見せた。

「あ、いいんだ、別に。ちょっと言ってみただけさ」

　僕は少し迷ったけれど、頷いた。

「いいよ。行こう、君んち」

　杉田君は途端に表情を崩した。とても嬉しそうだった。

(2)

僕たちは、学校の前のバス停で隣町の車庫行きに乗った。それはのろのろといくつかの集落を通り過ぎ、街の郊外へと抜けていった。もっとも集落を通り抜ける時間は短く、風景のほとんどは田んぼだった。遠く向こうの海岸沿いにぽっこりと隆起した低山に向かって、その平面がただ広がっているだけだった。ほかに何もないその空間をじっと見ていると心の中が空っぽになるような気がして言いようのない寂しさを覚えた。

その途中、一枚の田んぼだけが異様に真っ黒であることに気づいた。しかもその面全体がもごもごとうごめいている。なんだろうと目を凝らすと、それらは無数のカラスだった。何百羽? 彼らはびっしりとひしめき合い、地中浅くにいるらしき虫たちをついばんでいるようだった。ゾッとした。が、杉田君も車内の誰もが気づいていないのか、それともこの光景が当たり前に過ぎて気にならないみたいだった。

バス停に停まるたびに、同じ制服の生徒たちが、一人また一人と降りていった。そうして十三個目かそこらのバス停を過ぎた時に杉田君が降車ボタンを押した。次停まります、と女の声が再生された。小さな郵便局の前でバスは停まった。

杉田君は運転手にパスケースを見せ、僕は百円玉を二つ運賃箱に入れた。バスを降りると、自分が誘ったのだから、と杉田君は強引にお金を僕の手に握らせた。百円玉が四つあった。帰りの分も、と彼は言った。僕がちらと反対車線の停留所に目をやったからだろう、

「大丈夫、反対行きのバスは七時頃までなら二十分間隔でやってくるから心配ないよ」と付け加えた。

郵便局から少し先の角を左に曲がり、幹線道路を外れた。広くもなく狭くもない道の両側に新しい家がいくつも並んでいた。新興住宅地のようだった。しばらく歩くと大きな公園が現われた。小学生らしい何人かの子供たちが鬼ごっこをしていた。奇声を上げて走り回っていた。

遊具のコーナーに母親と子供が二組いた。母親たちは寒そうに首をすくめて何かを話していた。一方の母親の腕に下がった買い物籠からネギが飛び出ていた。

幼い女の子と男の子がジャングルジムにいた。女の子の方はてっぺんと地面の間をスルスルとわけなく上ったり下りたりしていた。男の子の方は見るからに臆病そうで、地上五十センチの辺りで横向きの棒に摑まったままじっとしていた。

「そろそろ帰るわよー」と母親の一人が大声で叫んだ。その途端、男の子がジャングルジムからパッと離れ、母親の方に勢いよく走り寄ってきた。満面の笑顔だった。

公園を過ぎると、また家が並んでいるだけだった。どの家の敷地も広くはなかった。どの家も同じような形をしていて、白っぽい壁だった。どの家もひっそりとしていた。さっきの公園を除けば、まるで誰も住んでいない街のように思えた。

腕時計を見ると四時を過ぎていた。辺りは薄暗かった。あとどのくらいだろうかと少し不安になった時、杉田君が急に立ち止まった。

「ここだよ」と彼は言った。

その家もひっそりとしていた。二台分の駐車スペースに車がないことがなおさらそう感じさせた。両親は用事で出かけているのか、それとももしかしたら日曜に仕事があるのかもしれないと思った。

杉田君が鍵を開けて玄関の中に入った。明かりがついた。彼の後に続こうとした時に、おや？　と立ち止まってしまった。ステンレスの表札が外壁にあった。縦書きで佐藤とあった。

杉田君が僕をじっと見ているのが分かった。けれども彼は、その表札について何も説明することもなく、入って、と僕に声をかけたのだった。僕は気づかなかったふりをして中に入った。

玄関を上がると、すぐ右手に階段があった。左側の廊下にはいくつかのドアが見えた。暗くてしんとしていた。杉田君は階段を上がりながら振り向き、手招きした。そうして上りきったすぐ目の前のドアを開き、ここが自分の部屋だと言った。パッと電気が点いた。

六畳のフローリングだった。簡素で清潔だった。木製の机と本棚、細長いパイプベッド、それに小さなオーディオ機器があった。放りっぱなしにされているものは何ひとつなかった。杉田君がリモコンを手にすると、ピッと音が鳴った。エアコンの小さな緑色のランプが点灯した。彼はスッとしゃがみ、フローリングに置いてあるデッキとアンプの電源のボタンを押した。それぞれが小さな光を放った。

「コーヒーしかないけど、いい？」と杉田君は言った。「砂糖とミルク、適当に入れるよ」

「うん。ありがとう」

「じゃあちょっと待ってて。良かったらこれでも聞いていなよ」

そう言って彼は僕にヘッドフォンを渡した。

「何？」

「まあいいから」

彼はヘッドフォンを頭にかける仕草をして、僕にそうするよう促した。ちょうどその時、上の方からフーと音を立てて生暖かい風が下りてきた。

僕がヘッドフォンを耳に当てると、彼はデッキの再生ボタンを押し、部屋から出て行った。カセットテープの軸がオレンジ色の明かりの中で回っているのが見えた。と、突然声量のあるアカペラの歌声がグッと耳に入ってきた。

衝撃だった。一瞬で全身に鳥肌が立った。頭を何かでガンと殴られたような感じだった。

ビートルズを初めて聞いた時よりも何倍も心が揺さぶられた。僕はこの曲の出だしで完璧にこのバンドの虜になったのだ。

その一曲目はサムバディ・トゥ・ラヴだった。この時はもちろん、このバンドの名も曲名も知らなかった。ましてや歌詞を聞き取ることも歌詞の意味も分かるはずがなかった。今思えば、たぶんこの曲に含まれている悲しみとか孤独とかの想いのようなものが一気に僕の中に入り込んできたのだ。それが僕の中の何かに突き刺さったのだと思う。

二曲目のキラー・クイーンが始まった時にドアが開き、トレイを手にした杉田君が現われた。彼は二つのコーヒーカップとクッキーの入った深皿を床に置いた。

ヘッドフォンを外すと、「いいよ、そのまま聞いていなよ」と彼は言った。僕は言われるまま耳に当て直した。そうしたかったのだ。

僕はクイーンの曲をバックミュージックにして杉田君の様子を眺めていた。まるで映画か何かのワンシーンを見ているようだった。僕の頭の中に確実に刻み込まれようとするかのように、目の前の映像が視神経を伝わって脳細胞へとスローモーションでインプットされるような不思議な感覚があった。

彼はクローゼットの扉を開け、学生服の上を脱いでハンガーにかけた。クローゼットの中はおそろしく殺風景だった。ほかに何もなかった。ハンガーパイプが蛍光灯の明かりで鈍く光っていた。その中でハンガーに掛かった学生服が、ただだらんと下がっただけだった。詰め襟の内側についたカラーが異様に白く見えた。

杉田君は扉を閉めると、僕のすぐ目の前にちょこんと座った。体育の授業で体育館の脇でそうしている時と同じように両腕で膝を抱えていた。僕が恥ずかしくなるくらいに僕をじっと見ていた。微かに笑みを浮かべていた。何かにとても満足している時に誰もがそうなってしまう、そういう顔であるように思った。

二曲目が終わった。僕は自分で停止ボタンを押してヘッドフォンを外した。

「これ、誰?」

「クイーンだよ」

そう言って杉田君はこの四人組のバンドのことを教えてくれた。そのほとんどはフレディー・マーキュリーのことだったと思う。杉田君が自分とそのボーカリストを重ね合わせているような話しぶりになんとなく気づいた。が、初めて聞いたサウンドに僕はとても興奮していたのだと思う。彼の話は全然頭に入らなかった。

「すごくいいね」と僕は言った。

「そう。良かった。きっと君の気に入るんじゃないかって思ったんだ」

「もしかしてこれを聞かせるために僕を連れてきたの?」

「まあね」

「どうして?」

「さあ、どうしてだろ……　そう言われると僕にもよく分からない」と杉田君は言った。困ったような顔をした。「ただ、なんとなく僕が好きな曲を君にも聞いてほしかったんだ」

「これってクイーンの何かのアルバム？」

「いや、彼らのいくつかのレコードから僕がダビングしたんだ」

そう言って杉田君は本棚を指さした。机の陰になって分からなかったが、棚の下二列には端から端までびっしりとレコードのジャケットが詰まっていた。

「僕が好きな曲を好きな順番でダビングしたんだ」と彼は言った。

「見てもいい？」と僕は本棚を指さして言った。

「いいよ」

僕は本棚からランダムにレコードのジャケットを引き抜いた。どれも外国のものばかりだった。邦楽は見当たらなかった。

ジャケットのタイトルや写っている楽器を見て、それらがロックやジャズやクラシックであることはなんとなく分かった。でもそれらの歌手やグループや演奏者が誰なのかは、さっぱり分からなかった。かろうじて知っていたのはビートルズくらいだった。

本棚の上二列には難しそうな本が並んでいた。著者はいずれも外国人ばかりだった。ドストエフスキー全集というタイトルの本があった。堅そうな灰色のブックケースがきれいに並んでいた。一巻から二十巻まであった。少なくとも高校の学習に必要な書物はどこにも見当たらなかった。

「すごいね、レコード。こんなにいっぱい」と僕は言った。

「すごくないよ。僕が買ったのもあるけど、ほとんどは兄貴のやつさ」

「お兄さんがいるの？」

「いたんだ。死んじゃったけどね」と杉田君は呟いた。

僕たちは少し沈黙した。

「ねえ、できればこのカセットテープ、貸してくれないかな？」と僕は話を元に戻した。

「あげるよ、それ」と彼は当たり前のように言った。

「えっ、いいの？」

「うん。君のために作ったテープだから。僕も同じのを持っている。だから気にする必要はないよ」

「本当？」

「うん。今日ここに来てくれた記念に。できることならずっと持っていてほしい」

そう言って彼はデッキの巻き戻しボタンを押した。回転軸がヒュルヒュルヒュルと音を立てながら高速で逆回転し、あっという間に止まった。彼はテープを取り出し、ケースに入れて僕に渡した。インデックスカードには彼の手書きで曲名が書き込まれていた。

「ありがとう。大事にするよ」

僕はそれを忘れてしまわないようにと、学生鞄の中にしまい込んだ。そうしてその鞄を後ろに追いやった時に、背後の壁の天井近くに絵が掛かっているのに気づいた。

自画像だった。Vネックの青いセーターを着た青年だった。暗い絵だった。何度も油絵の具を重ねなければできないような重厚な描写であることを、絵に関心のない僕にさえ感じさせた。

その人物は細面で髪の毛が七三に分かれていた。筋の通った鼻で薄い唇だった。一見無表情に見えたが、内面に深い苦悩を抱えているように思えた。蒼白い肌だった。どう見てもそれは杉田君だった。

「これ、君だよね」僕は上を指さして聞いた。

「うん……　ううん……　そうかもしれないし、そうでないかもしれない。よく分からないんだ」

杉田君の返事はひどく曖昧で、その声音はとても苦しそうだった。口をギュッと結び、首を横に振っていた。

「僕と兄貴は双子でそっくりでね。その絵は兄貴が中学の時に描いたんだ」と杉田君は言った。

「中学？」僕は驚いた。どうみても大人が描いたようにしか見えなかった。「中学生の絵には見えない」

「うん、兄貴は子供の頃から恐ろしく絵が上手かったんだ。この絵のことは、僕も兄貴に聞いたんだ。これは兄貴？　それとも僕？　そしたら兄貴もよく分からないっていうんだ。自分かもしれないし、お前かもしれない。あるいは自分の中の本当の自分かもしれないし、お前の中の本当のお前かもしれない。あるいは俺でもお前でもないかもしれない、って」

杉田君の言っている意味がよく分からなかったので、僕はそれ以上何も聞くことができなかった。もやもやしているうちに杉田君が話題を変えてしまった。

「ねえ、そんなことより一つ聞いていいかな？」彼は僕の目をまっすぐ見ていた。

「何？」

「君は木下さんのことが好きなんだろ？」

僕は動揺した。

「木下？」誰のことかピンとこないようなポーカーフェイスを装いながら、わざとらしく疑問形で付け加えた。「って木下真弓のこと？」

杉田君は静かに頷いた。

「まさか」と言って僕は笑った。自分の顔が引きつっていないか心配になった。「真弓はただの幼なじみだよ。好きとかそういうのとは違う。全然違うよ」

「そうかな」杉田君の目が鋭くなった。下手な芝居はしなくていいよ、と言っているような目つきだ。「僕にはそんなふうには見えないな。少なくとも君たちはとても強く、とても深くつながっている」

「どうしてそんなことが分かるの?」

「それくらい見ていれば分かるよ」

杉田君が僕と真弓のことをそんなふうに見ていたことにも驚いた。僕と真弓は以前のように会話を交わすことがほとんどなくなっていたのだから。第一、真弓の関心は今、杉田君、君にある。そう思うと、奥に引っ込んでいた嫉妬心がフワッと湧き上がってきた。そのことを悟られないようにと大袈裟に顔をしかめ、首を傾げて見せた。

「そう見えるのだとしたら、それはたぶんやっぱり幼なじみのせいだと思うよ。保育園からずっと一緒だったから。腐れ縁ってやつさ。そういうのだよ。君の勘違いだよ」

「そうかな?」

「そうだよ」

「木下さんだって同じくらい君のことが好きなはずだよ」杉田君はその話題を止めようとしなかった。

「それは違うよ」ムキになって反論した。語気が荒いのが自分でも分かった。「真弓は君のことが好きなんだ。僕には分かる。それこそ彼女を見ていれば分かる」

「知ってるよ」と杉田君は平然として言った。「でもそれはちょっと違うんだ。僕に好意を寄せている木下さんは、本当の木下さんじゃないんだ。本当の木下さんは小林君、君のことが好きなんだよ」

僕は僕の本心を見抜かれている上に、そんなふうに訳の分からない説明をする杉田君に腹が立ってきた。けれども杉田君がじっと僕を見たまま、いつの間にかひどく悲しげな顔をしているのに気づいて、反論するのをやめた。代わりにため息をついた。

「ねえ、さっきから本当の自分だとか本当の真弓だとか、それってどういうこと？」

杉田君は黙ったまま僕の質問に答えようとしなかった。というよりも上手く答えられないみたいだった。目を伏せ、小刻みに何度も首を振っていた。自問自答をしているみたいだった。時折とてもひどく顔を歪めた。あるいは、すがるような目で肖像画をじっと見たり見なかったりしていた。

そんな様子を見るのは初めてだったので、段々と杉田君のことが心配になった。声をかけようとしたその時、先に彼が口を開いた。

「ねえ、お願いだから僕を嫌いにならないでほしいんだ」と哀願するように言った。校舎裏でいつか見た時と同じような悲愴な顔つきだった。

僕は思わず、うん、と頷いた。が、そんな返事くらいでは足りないと思った。そう思わせるほど、杉田君の顔は苦しそうだった。

「嫌いになんかならないさ」

そう言った僕の声音はしかし、ひどく弱々しかった。自分でもハッとするほどそうなってしまった。

杉田君は黙ってしまった。無表情だった。何かについてどう話そうか考えているように見えた。

しんとなった。時間が止まってしまったような感覚があった。空気がどんよりと重くなったような気がして、僕は息苦しさを覚えた。同時にそこに二人きりでいることがひどく不安になった。できることなら、そろそろ帰るよ、と言って立ち上がりたかった。

でもできなかった。そうであったのは、彼に対する同情心のようなものが湧いたせいだと言うよりは、彼から放たれる目に見えない何かにがんじがらめにされて僕の体が言うことを聞かなくなってしまったせいだと言った方が近い気がする。

杉田君の口からフウと息が洩れた。何をどう話そうか、自分の中で整理がついた合図であるようだった。

「**例えば……**」と言って彼は再び話し始めた。

それから彼が語ったことを、僕はその後、努めて忘れようとした。でもそうしようとすればするほど、それは僕にまとわりつき、僕を苦しめてきたと思う……

8

下から上へとエンドロールが流れていく。曲がザ・ショーマスト・ゴーオンに変わっていた。スクリーンに反射した薄暗い光の中で真弓の目が光っているように見えた。もしそれが涙であるなら、僕は彼女の涙を初めて見た。けれども映像が消え、天井の薄暗い照明が点いた時、彼女はいつもの彼女だった。

「何してんの、いくわよ」

そう言いながら立ち上がり、僕を見下ろした。顎をクイッと振り、出るわよ、と合図した。

雨はやんでいた。四時を過ぎていた。僕たちは駅の方に向かって歩いた。通りは昼下がりの時よりもずっと混雑していて思うように歩けなかった。そのことは真弓をイライラさせるに違いないと思ったが、そうではなさそうだった。何か考えごとをしているようだった。

急に真弓が立ち止まったので、僕は危うく彼女の背中にぶつかりそうになった。

「ねえ、アルコールを体に入れたいんだけど」

「今から？」僕は腕時計を見て言った。

「いいでしょ。休みなんだからさ。お昼だってワイン飲んだでしょ」

「いいけどさ。居酒屋？　だったらまだやってないんじゃないかな」

「やってるに決まってるでしょ」

そう言うと真弓は急にスタスタと歩き出した。何かのテレビゲームのキャラクターのように人混みをスルスルとすり抜けていく。遅れまいと追いかけながら、いつもの彼女の様子であることにホッとしたのだった。

真弓は不意に右に曲がり、狭い小路に入った。途端に人影がなくなった。少し先に軒先から飛び出た電光看板が光を放っていた。白地に太い赤の筆文字で焼き鳥とあった。入り口には無地の白いのれんがかかっていた。

のれんにも同じ焼き鳥の文字があった。こっちは黒だった。それ以外に店の名らしきものはどこにも見当たらなかった。真弓がのれんをくぐると、曇りガラスの格子戸がガラガラと音を立てて開いた。いらっしゃい、と中から声が聞こえた。

とても小さな店だった。左のカウンターに椅子が五つ、右の小上がりに小さなテーブルが二つ、それしかなかった。店の主人であろう年配の男が一人いただけだった。器用な手つきで串に次から次へと具材を刺している。

真弓はカウンターの一番奥に行き、壁に掛かっていたハンガーにダウンジャケットをかけて座った。僕も隣のハンガーにマウンテンパーカーを掛けた。

「ナマ」

真弓は丸椅子に座るなり、そう言った。もう一つ、と慌てて僕も言った。

「あいよ」と主人が答えた。

白髪頭の角刈りで強面の男だった。が、ひょいと顔を上げ、真弓を見て笑った。すると、くしゃくしゃの人懐っこい顔になった。それは僕の心を妙に和ませた。

「いつもの?」と主人が聞いた。

「うん。二人分ね」

真弓はそう言って立ち上がり、何も言わずに店の奥に消えた。常連なんだ、と思った。

主人はしばらくして頃合いを見計らったようにサーバーからジョッキに生ビールを注ぎ始めた。そうして彼女がトイレから戻ったちょうどその時に、表面の泡がこんもりとしたジョッキをカウンターに置いた。熟練者によって注がれた見本のようにビールの黄金色と泡の白が八対二にきれいに分かれていた。真弓の好きな比率だ。七三じゃない。八二だ。

真弓は乾杯をすることもなく、すぐに飲み始めた。黙っていた。また考えごとをしているようだった。僕も黙っていた。主人は目を凝らし、網の上の串焼きをじっと見ては、時折くるっくるっくるっと端から順番にひっくり返していた。香ばしい匂いが立ちこめた。

やがて目の前に長方形の大皿が置かれた。六種類の串焼きが二本ずつ並んでいた。二本サービスね、と主人が真弓にささやいた。

「いつもありがと」

真弓がそう言うと、主人はまた顔をくしゃくしゃにした。彼女は僕に向かって顎を振った。あんたも礼を言いなさいよ、ということだ。

「ありがとうございます」と僕も言った。控えめな小声になった。

が、主人は僕にもくしゃくしゃにして見せた。僕は嬉しくなった。

真弓はねぎまを、僕は皮を選んで口に入れた。真弓はフウフウしなかった。焼き鳥は大丈夫のようだった。腹が減っていたのか、むしゃむしゃ食べている。そうしてグイッグイッと液体を喉の奥へと流し込んでいる。彼女が専念していたので僕もそうしていた。

真弓が三本目を手にした。レバーだ。それを一口に口に入れると、急にしゃべり始めた。

「アイツ、サイッテー」

その話題があの課長のことだったので拍子抜けした。てっきり知子か杉田君の話をするものとばかり思って心の準備をしていたのに。

「あのごますり男、いっつも専務の後ろにくっついて飲みに行ってさ。毎週毎週ゴルフも一緒。金魚のフンじゃん。クソがっ。ああいう奴が出世するウチの会社も会社だわ。あの専務もクソだわ」

同じようなフレーズを繰り返し、ブツブツと罵倒し続けている。クソがっ、のほかにアホかっとかあのボケヤロウとかの決め台詞のようなものを吐くたびに、グイッとビールを口に流し込んでいる。僕に話しかけているというふうでもなかったので、黙って聞いていた。

「『木下さんは美人だからトクですよね。それだけで出世間違いないですからね』って、ざけんじゃないわよ。美人？　フン、顔で仕事してんじゃないっつーの。こっちはあんたよりよっぽど仕事できるっつーの。実力なの」

『美人？　フン』のところで真弓は少しニヤついた。きっと美人と言われることはまんざらでもないのだろうと思った。実際、誰が見てもそうだったし、出世コースを歩んでもいる。もちろん実力だと思う。真弓も今は課長だが、春には次長に昇進当確と噂されている。

悪口は延々と続いた。酔いが回ってきたのだろう、声が一段と大きくなっている。「そうでしょっ！」とか「そう思わない⁉」などと同調を求められた時だけ、「そうだね」とか「そう思う」などと相槌を打って受け流した。

「お代わりっ！」真弓がタンと音を鳴らして空のジョッキをカウンターに置いた。

「あいよ」

主人が素早く新しいジョッキをサーバーに付け、レバーを引いた。十秒と経たないうちに真弓の三杯目の八二ができあがり、彼女の目の前にコトッと置かれた。

真弓はしかし、急に静かになった。ジョッキを手にし、ちびちびと口をつけている。串焼きも減らなくなった。何か別のことを考えているようだった。僕は黙ってその様子を横目で見たり見なかったりしていた。

やがて彼女のそのジョッキの中身があと少しになった時に、外から賑やかな声が聞こえてきた。ここ、ここ、と男の声がしてガラガラと戸が開いた。若い男女が二人ずつの四人組が入ってきた。そうして主人に断ることもなく、我が物顔で小上がりへと上がり、僕たちの真後ろに座った。脱ぎ捨てられた靴は、四足ともかかとがこっちを向き、どちらかの男子のだろう、赤いスニーカーの右側の方がひっくり返っていた。

急に騒がしくなった。大学生のようだった。二人の男子の声はがさつで耳障りだった。女子の一人は「ちょっと静かにしなさいよ」と注意しながら自分もゲラゲラと大声で笑っていた。四人とも既に酔っ払っているみたいだった。男子のうち一人は真っ赤な顔をしていた。黒のキャップを被っていた。アルファベットのNとYの白い文字が重なったニューヨークヤンキースのロゴマークがあった。もう一方の男子は反対に青白い顔をしていた。

「レモンサワー四つ」と一方の女子が言った。

「焼き鳥の盛り合わせ、適当に」と赤ら顔の男子が言った。その声は、アルコール飲料を摂取しすぎた大概の青年男子の口から出る声と同じように無駄に大きかった。

「あいよ」と主人が言った。

真弓は相変わらず黙ったままだ。仕方なく主人の様子を眺めていたのだが、すぐに彼の手際の良さに感心し始めた。

主人は仕込んでいた串焼きを次々と網に乗せると、くるりと背を向け、反対側の作業テーブルに大ぶりのグラスをタン、タン、タン、タンと四つ並べた。そうして隣の冷蔵庫から製氷ボックスを取り出し、スコップですくってはグラスに入れた。ザクッ、カラン、の一連の音が四回小気味のいいリズムで繰り返し鳴った。と、今度は三種類の瓶から順番に無色透明の液体を注ぎ込み、最後にマドラーでかき混ぜた。あっという間にできあがった。

と、またこっちを向いた。網の上の串焼きを両手で素早くくるっくるっくるっと全部ひっくり返した。ヨシッといった感じで僅かに頷くと、四つのグラスをトレイに乗せ、小上がりに運んだ。そうしてテーブルに置くや否や厨房に戻り、また串焼きをじっと睨んでいた。

それらの動きには少しも無駄がなかった。かといってせわしさもなかった。胸を張り、姿勢だって良かった。まるで一流のオーケストラの打楽器奏者がアップテンポのリズムで音を奏でる時の、その手さばきと身のこなしのようでさえあったかもしれない。僕はすっかり見とれてしまっていた。だから真弓の声にすぐに気づかなかったみたいだった。

「――ねえ、ねえってばあ」

「何？」

「あんたもあの映画見ようと思ってたんじゃないの？」

今度は本題だ、と思った。

「うん」

後ろは賑やかに過ぎて、僕たちの会話は彼らの耳には届きそうにもなかった。

「見て良かった？」真弓は前を向いたまま言った。

「うん……」僕は慎重に言葉を選ぼうとした。けれどもそれが上手くできないうちに口がボソッと呟いた。「良かったと思う……　たぶん」

「そうね」

そう言った真弓の声音もなんだかくぐもって聞こえた。そうしてまた黙ってしまった。彼女もまた、何かをちゃんと言葉にしたいのに、それができないでいるようだった。やがてその歯がゆさのようなものを断ち切ろうとするかのように、真弓はグラスを傾け、グイッとビールを飲み干した。とちょうどその時、後ろでギャーッと叫び声が上がった。驚いて振り向くと、テーブルの上でグラスが一つ倒れ、透明の液体が畳にしたたり落ちていた。キャップを被った男子がひっくり返したようだった。

「全部落っこっちまって、どうせ俺なんか、どうせ俺なんか、何やってもだめなんだよ」とその男子が叫んだ。

主人がカウンターから出てきて布巾を二つ、一方の女子に手渡した。彼女が代わりに主人に謝ったが、赤ら顔のその男子は益々騒ぎ始めた。見るからに泥酔していた。

「俺なんか、俺なんか」と繰り返し、大袈裟に顔を歪めていた。

「大丈夫よ、どっか就職できるわよ」

もう一方の女子がそう言いながらその男子の後ろ頭を右手のひらで叩いた。パコーンと音がした。蒼白い方の男子はそれらの様子を見ては、アハハ、アハハ、とただ笑ってばかりいた。

「お客さん、ちょいとばかし静かにお願いしますわ」と主人が穏やかに言った。

赤ら顔の方が、どこでそんな言葉を知ったのか、「アイアイサー」とお調子者の声音で叫び、敬礼の真似をした。見るからにふざけていた。

突然真弓が立ち上がった。ほとんど同時にカウンターを右手の拳で思い切りドンと叩いた。

「ちょっとあんたたち、いい加減にしなさいよ！」

店の外に通行人がいたとしたなら驚いて立ち止まってしまっただろう。それほど大きな怒鳴り声だった。

真弓がとても感情的になっているのが僕には分かった。中一の時、同じクラスの女子に向かってブタマン（確かにその女子は鼻が少し上を向いて太ってはいたのだが）と悪口を言い続けていた男子に殴りかかっていった時の彼女よりもずっと激高していた。

僕はしかし、真弓のその様子の本当の原因は、目の前の若者たちのせいではないのだろうと思った。たぶん彼女は映画館にいる時からずっと杉田君のことを考えていたのだ。この店に来て会社のあの課長の悪口を言いながらも、やっぱり頭の中は杉田君のことでいっぱいだったのだ。それでどんどんモヤモヤが積もってパンク寸前だったのだ。それが今、爆発しただけだ。時間の問題だったのだ。後ろの学生たちがいなければ、きっと僕が一手に受け止めなければならなかったのだ。

いずれにしても真弓の言動は、その小さな店の中ではあまりにも圧倒的に過ぎた。しんとなった。場が気まずくなって、これからどうなるのだろうかと思った時に、ガラガラと戸が開いて白髪の老人が一人入ってきた。

老人はちらと周りに目をやっただけでカウンターに座り、瓶ビールを頼んだ。主人と時候の挨拶のようなものをし、世間話をし始めた。真弓よりもずっと常連のようだった。老人のおかげで気まずい空気がほんの少しだけ和らいだような気がした。

真弓はいつの間にかダウンジャケットを着、財布を手にしていた。

「おじさん、勘定お願い。あと、これ包んで」と言って目の前の皿を指さした。

「あいよ」

持ち帰りの客にも慣れているのだろう。主人は残っていた串焼きを素早く透明の折に詰め、輪ゴムをくるりとかけた。それを白のビニール袋に入れ、はいよ、と真弓に渡し、彼女が無言でそれを僕によこした。

赤ら顔の男子はいびきをかいて寝ていた。さっきよりも一層赤かった。ほかの三人は神妙な顔をしていた。どちらかの女子が小さな声で、出よ、と言ったのが聞こえた。真弓は四人に目もくれなかった。僕たちは主人に礼を言って店を出た。

「ねえ、今からあんたのお母さんのとこに行こうよ」と唐突に真弓は言った。「いいでしょ？」

「いいけど。でも会話は通じないよ」

僕はそれまでに真弓に何度か母の話をしたことがあった。そのたびに彼女は、今度お見舞いに行くわ、と言っていたのだった。

「関係ないわ。あたしの愚痴も聞いてほしいから」

再び雑踏をすり抜け、近くのバス停にたどり着いた。時刻表を見ると、次の病院行きのバスがやってくるまで三十分待たなければならなかった。それが最終便のようだった。

空車のタクシーがちょうど通りかかり、真弓がさっと手を上げた。僕たちはそれに乗った。

9

母はナースステーションの向かい側にある共同スペースにいた。ほかの患者たちと一緒だった。皆車椅子に座り、大きなテーブルをぐるりと囲んでいた。食事をしている母の姿を見るのは初めてだった。腕時計を見ると、まだ六時前だった。随分早い夕食だなと思った。が、いや、違うと思い直した。

この人たちは早く眠らなければいけないのだ。そこに到達させるために、介護士や看護師たちにはこれからまだ膨大な仕事が残っているのだ。

母に近づこうとすると、真弓が僕の右腕を摑んだ。焼き鳥の入った袋が僕の指先の下でぶらぶら揺れた。

「邪魔しちゃダメだわ」と彼女は小声で言った。

僕たちは窓際の長椅子に座って様子を眺めた。母は一心不乱に乳白色のプラスチックの容器と格闘していた。幼児が使うような小さくて太いスプーンをやみくもに動かして口の中に運んでいた。

周りの患者たちの何人かはスプーンを持ったままブンブン振り回しているだけで容器の中味が一向に減りそうになかった。そうした患者には介護士が寄り添い、一口ずつ食べさせていた。三人の女の介護士がそれぞれ一度に左右二人の患者の面倒を見ていたし、そうできるように患者たちを配置しているようだった。立川さんの姿はなかった。非番なのだろうと思った。

自力で食べているという点で母は優等生の方であるようだった。その母よりももっと優等生であるように見えたのは、長い白髪を後ろに束ねた老婆だった。まるで座禅を組んでいる修行僧のように上半身がスッと垂直に伸びていた。彼女だけは箸を使い、何もこぼすことなく口に運んでいた。和食のテーブルマナーの手本のように、むしろ健常な普通の人々よりもずっと静かできれいな食べ方であるようだった。がしかし、目はうつろだった。食事をしているというそのことに気づいていないように見えた。

僕はおもむろに立ち上がり、それらの様子に目を背けるようにして窓の外を見た。もう随分薄暗かった。遠く向こうの空がほんの一部だけ赤紫色に染まっていた。太陽は、日中に一度も姿を見せることなく、地平線の下に隠れてしまったのだ。

眼下には、道路を挟んだすぐ向こう側に大型スーパーやら電気とか家具とかの量販店やらが並んでいた。共同の駐車場に何台もの車が出たり入ったりしている。しばらくの間、それらをぼんやりと眺めていた。

窓ガラスに母の姿が薄っすらと映っているのに気づいた。振り返ると、もうじき食べ終えるところだった。母の膳の周りにスプーンからこぼれ落ちたごはんやらおかずやらが散らかっていた。

容器の中が空になったみたいだ。母の手が止まり、満足したように顔が上を向いた。そうして目が閉じた。その余韻のようなものをもう少し母に味わわせた方がいいのだろうと思った。僕は再び背を向け、窓の外を眺めていた。

「ねえ、ちょっと」

真弓の声がして振り向くと、母がこっちを見ていた。僕もじっと見た。母は何か得体の知れないものでも見ているような訝しげな顔をしていた。が、不意に右手を上げた。僕に気がついた合図であるようだった。表情も和らぎ、僅かだが笑みが浮かんでいるようにさえ見えた。それらのことは僕をとても嬉しくさせた。

傍に近寄ると、アー、アー、と声を出した。そんな母の様子を真弓に見せたくなかったが、真弓は母を愛おしそうに見つめ、微笑んでいた。

介護士たちがテーブルの上を片付け始めた。そのうちの一人が僕たちに気遣い、「よし子さん先に部屋に戻ろっか」と言った。彼女は僕たちに目配せすると、ストッパーを外して母の車椅子を動かした。僕は礼を言って後をついていった。真弓も続いた。

「最近食欲も旺盛ですし、とても調子がいいみたいですね」と介護士は車椅子を押しながら言った。

「退院できそうですか？」心にもないことを口にした。

「うーん、それはちょっとねえ。どうかしら」と彼女は僕の方を見ずに言葉を濁し、黙った。

僕は不用意な質問をしたことを後悔した。

何をいい加減なことを言っているの。退院したらあなたの家がもたないでしょ。一体誰が面倒を見るっていうのよ。

淡い黄色の背中がそんなふうに語っているように見えた。

病室に入ると、介護士は母を前から抱きかかえるようにして車椅子からベッドに移した。

テレビか何かで見たことのある模範的な介添えだった。それから流れ作業のように、外してあったベッドの柵を元通りに差し込み、仰向けになった母にさっと毛布をかけてやった。無駄な動きなど一つもなかった。その間母は大人しくしていた。

「よし子さん、おいしかった？　今日もちゃんと食べたね。えらいね。じゃあね。また明日ね」

　介護士はそう言うと、僕たちに笑みを見せて会釈し、部屋を出て行った。パタパタと小走りで遠ざかっていく足音が聞こえた。その介護士の顔からは既に笑みが消え、代わりに眉間に皺を寄せているイメージが浮かんだ。どの会社でも一人か二人は身近にいるであろう繁忙に過ぎて気ぜわしい人が、この職場では誰もがそうなのだ。彼女たちは皆、分刻みで時間と戦っている。そういう足音だった。

　母は黙ったままじっとしていた。僕たちは母の顔の傍に丸椅子を置き、座った。母の視線は真弓に向けられていた。心を許していい人物かどうか、見極めているようだった。

「母さん、真弓だよ。覚えているだろ？」と僕は言った。

「今晩は、おばさん。木下です。木下真弓です」真弓ははっきりとした発音でゆっくりと話しかけた。「ご無沙汰しています。成人式の時だったかしら、最後にお目にかかってからもう二十年以上も経っちゃいましたね。お会いできてうれしいです。顔色がいいですね。肌がつやつやしていますよ」

母の表情が和らいだ。真弓のことを思い出したのか、それとも肌を褒められたことが分かって嬉しくなったのか、アー、と声を出した。

真弓は母の反応にはおかまいなしに次から次へと話をしていた。子供の頃の僕との思い出話がほとんどだった。

保育園で僕を助けてくれた話があった。砂場で遊んでいた時に、すぐ隣にいたガキ大将が僕の顔をめがけてこれでもかと砂をぶっかけたのだ。目に砂が入って僕は大声で泣いていた。するとと真弓が飛んでやって来てガキ大将の頭をげんこつで殴ったのだった。ガキ大将は急に泣き出し、逃げていった。

小学校の時、風邪で休んでいた彼女に僕が給食のパンを届けに行った時の話もあった。その彼女の部屋にしばらくいたせいで、僕に風邪が移ってしまった。今度は彼女が僕に給食のパンを届けた。

そういえばそんなこともあったな、と僕は驚きながら聞いていた。とっくに忘れてしまったそれらのことを、彼女はまるでつい昨日のことでもあったかのように話していた。

僕は、給食のパンの時のことを思い出した。帰ろうとすると、「もうちょっといてよ」と彼女に止められたのだ。「寂しいから」とそう言ったのだ。僕は彼女の目の前でただ彼女が話すことを聞き続けていた。何を話していたのかは覚えていない。僕はただ、彼女の口から出た「寂しいから」を心の中で何度も繰り返し呟いていていただけだったような気がする。

「――お誕生会の時とか、おうちに遊びに行くと、おばさん、必ず私に言ってたでしょ？」

　真弓の話はまだ続いていた。

「マユちゃん、大人になったら結婚してあげてって。マユちゃんがお嫁さんならあの子はきっと幸せになれるからって」

「アー」

「そんなこと言ってたの？」僕は知らなかった。

「そうよ。あんたがいないところでね」

「アー」

「それで？　君はなんて答えていたの？」

「さあ、どうだったかしら。ねえ、おばさん。私、なんて答えていたっけ？」と真弓ははぐらかした。「どっちにしろおばさんの要望に応えられなくてごめんなさい。でも、偶然だけど、同じ会社で働いていて面倒見てあげてるから、それで許して。それにこの人、ちゃんと幸せに暮らしているから大丈夫ですよ」

　それはちょっと違うと思う。思わずそう言いかけた時にシャーとカーテンが開いた。振り返ると立川さんが立っていた。まるでビデオ再生を一時停止した時の画面上の俳優のように、口が半分開いたままで静止していた。こんばんはと僕から声をかけると、再び再生ボタンが押されたように、あっ、こんばんは、と先に口が動き、次に右足が前へと踏み出して中に入ってきた。昔のＳＦ映画に登場するロボットみたいにぎこちなかった。

「この人、僕と妻の友人で、木下さんです」何かやましいことを見透かされて言い訳する時の人のように早口になった。「幼なじみで、母もよく知っていて、お見舞いに来たんです」

立川さんはようやく表情を崩した。

「立川さん、非番だったんじゃないんですか？」話題を変えようとして僕は言った。

違います、といったふうに立川さんは右手をブルブルと振った。ちょっと忙しくって、と呟きながら視線を僕から母に移した。

「よし子さん、今日は大勢来るね」と言って母の頭をなでた。「昼間は、息子さんの奥さんと子供さんたちもきて楽しかったね」

「えっ、そうなんですか」思わず声を漏らした。

立川さんがこっちを振り向いた。僕が知らなかったことで気まずそうな顔をした。またすぐに視線を母に戻した。

「楽しそうだったねえ、よし子さん」

「そうなんですか？」また繰り返してしまった。

立川さんは母に目をやったままだ。

「お花のこと、いっぱいお話ししてたもんねえ。ねっ、よし子さん。さざんかと、それから椿が好きなのよね。白い方の椿。何て言ったかしら。ダメねえ。すぐ忘れちゃうわ。えーっと」話の矛先を逸らそうとしたようだった。

「月照のことですか？」と僕は口を挟んだ。母の好きな椿だ。

「そう、ゲッショウ。さすがよく知ってますね」今度はちゃんと僕の方を見た。

「実家にあります。僕が生まれた年に母が植えたんです」

「奥さんも知ってましたよ。ゲッショウのこと。ねえ、よし子さん、その話で盛り上がってたもんね」

矛先を戻してしまったとすぐに気づいたのだろう。立川さんは、しまった、といった感じのまたもや気まずそうな顔になった。

「妻が？　母と話をしていたんですか」

「えっ、ええ……　私には、よし子さんと奥さんがちゃんと会話していたように聞こえましたよ」

「本当？　母さん」と僕は母に向かって言った。

「アア？」

立川さんは慌ただしそうにおむつやタオルの補充をし始めた。それらを素早く済ませると、それじゃあ、と言って去って行った。

母が急に手と足をいつものようにバタバタと動かし始めた。僕たちから視線を外し、天井を見上げている。まるで、立川さんが話していたことについて、すっとぼけようとしているかのようだった。

　真弓は、母のその姿にあっけにとられた様子だったが、急に笑い出した。おかしくてたまらない、といった感じで両手で腹を抱え、笑い続けた。

「ああ、なんかスッキリした。こんなの久しぶり」しばらくして真弓は言った。「おばさん、さすがね」

「アー」と母が言った。バタバタをやめ、真弓をきょとんと見た。

「おばさん、ありがとう。なんだかちょっと元気になったわ」

　そう言って真弓は母の左手を両手で包んだ。

「ねえ、おばさんは、今何を考えているの？　今は楽しい？　それとも何も考えていないの？　おばさんみたいになれたら私は変われるのかしら？」

　君こそ何を考えてそんなふうに話しかけているの？　僕はむしろ真弓の頭の中の方を知りたかった。

「アア？」と母が相づちを打つように声を出した。真弓をじっと見ている。

　それは、マユちゃん何を言っているの、何か悩みでもあるの、とでも言いたげな、アア？に聞こえた。

「ごめんなさい。失礼なことを聞いて」真弓の両手が母の手をギュッと握りしめた。「でも良かった。お元気そうで」

「アー」

母の目がとろんとした。と、すぐに目を閉じてしまった。耳を澄ますと、寝息が聞こえた。

「ありがとう、おばさん。今度は私一人でここに来てもいいかしら。おばさんに相談したいことがいっぱいあるの」

真弓は母の耳元でそうささやいた。母の返事はなかった。真弓は、はだけた毛布をかけ直してやった。


外に出た時、ひんやりとした。気温が一段と下がっているようだった。土曜のバスの運行表も日曜と同じだ。最終便はとっくに出た後だった。

外灯のたもとに一台だけタクシーが停まっていた。運転手はシートに浅く座り、帽子を顔に被せていた。真弓が助手席の窓ガラスをコンと叩くと、ビクッと体を起こした。

後ろのドアが開いて真弓が先に、僕が後から乗り込んだ。彼女が行き先を告げると車が動き始めた。

「次は私んち」と真弓は僕に言った。

10

真弓はずっと黙ったまま窓の外を見ていた。だから僕も反対側でそうしていた。ぼんやりとした景色が過ぎていくなかで知子のことを考えていた。

ああそっか。昼間、繁華街の連絡デッキから見たのはやっぱり知子たちだったのだ。何故あのバス停だったのか知らない。けれども彼女たちはあそこから病院に向かったのに違いない。

僕は知子に、病院の名前はおろか、母が入院したことさえ話していなかった。どうせ真弓が教えたのだろう。知子に黙っていたのは、話せば、その分知子との会話が増えるだろう、そう思うとなんとなく気が重くなったからだ。ぎくしゃくしたままの知子と僕が何か話をしているイメージがどうしても浮かばなかったのだ。たったそれだけのことだ。

変わり果てた母を見るとショックを受けるかもしれない。だから教えなかったんだ。後になって知子に知られた時にはそう言い訳するつもりでいたのだ。

知子と真弓は一体何を話したのだろう？

僕はちらと振り向いた。真弓は相変わらず窓の外を見ている。対向車のライトが彼女の髪の毛を光らせては消え去っていく。

僕は真弓を通じて知子と知り合ったのだ、と今さらのように思った。


知子は派遣社員だった。僕と真弓が入社した翌年の秋に真弓の職場にやってきた。そうして真弓と仲良くなったのだ。一つ年下だった。

僕たちは休みの日になると、三人でどこかへ遊びに行くようになった。最初に真弓が提案して実行すると、そのスタイルは自然に僕たちに馴染んだ。僕と真弓の目に見えない溝のようなものを知子が埋めてくれているような気がした。

それから一年ほどが経ったある日に、知子があんたのことを好きなの、と真弓から告げられた。気がついた時には三人組は解消し、僕と知子が二人きりでデートをするようになっていた。それどころかいつの間にか結婚することになっていたのだった。

それらのプロセスの肝心なところには、いつも真弓が絡んでいたような気がする。二股に分かれた分岐点で僕がボーッと突っ立っていると、いつも真弓が僕の背中をそのどちらか一方へと押しやったのだ。そのたびに僕は幾ばくかの違和感を覚えながら、鈍い足取りでその方向へと足を踏み入れたような気がする。もう遠い昔のことだ……

タクシーは街の中心部に入り、僕たちが昼間に過ごした商業施設の辺りを通りかかった。真弓が、あの信号の手前で、と言った。ちょうど信号が赤に変わったところだった。車はハザードランプをつけて静かに停まった。真弓がお金を払った。僕たちが降りると、信号が青に変わり、タクシーは後ろの車を待たせることなく動き出した。

ビル風だろう、冷たくて強い風が吹き下りてきた。真弓が、ここ、と指さした。目の前には背の高い剛健なマンションがあった。新しくて綺麗なマンションであるようだった。

このマンションに真弓はふさわしい。あるいは、真弓にこのマンションがふさわしいのだ。そんなことを考えながら、その真弓の部屋に行くことに何のためらいもないどころか、それを望んでいる自分がいることに気づき、後ろめたさを感じた。

「何してんの」と真弓の声がした。

振り向くと、向こうで彼女がエントランスに入るところだった。僕は頭の中を空っぽにしようとした。

エレベーターに乗ると、13がオレンジ色に光っていた。ボタンが二列に並び、13はそれらの真ん中辺りにあった。それらの数字はこのマンションが地上二十四階地下一階であることを示していた。

真弓は僕の方を見なかった。僕も目を合わせずに、最小限の呼吸をした。八時を過ぎていた。エレベーターは音もなく止まり、音もなく扉が開いた。真弓は通路を左へと進んだ。部屋はその突き当たりだった。

真弓に続いて中に入った時、あれっ？　と思った。目の前に見覚えのある深緑色の大きなスーツケースがあった。どう見てもそれはずっと使わないで押し入れの奥にしまっておいた僕のそれだった。

ジロジロ見ていると、あんたのよ、と真弓が言った。僕はすかさず顔を突き出し、スーツケースの反対側の側面を見た。そこには確かに僕の貼ったステッカーがあった。ＡＬＯＨＡの文字と夕焼けの海岸を背景にフラダンスを踊っている女の黒い影がすり切れていた。

「トモちゃんが持ってきてくれたのよ」

えっ、と思わず声を漏らした。

「昼間に私、一度家に帰ったでしょ？　それを受け取りにここへ来たのよ。その時に彼女が届けに来たの」

真弓は、別にたいしたことじゃないでしょといった感じで、さらりとそう言った。そうして僕の手から白いビニール袋をかっさらうとさっさと奥に行ってしまった。向こうから、鍵閉めて、と声がした。言われたとおりそうした。また後ろめたさを感じた。頭の中が混乱したままスーツケースを持って中に入った。

「何でもいいわよね、つまみ」

僕がリビングに入ると真弓は言った。彼女は黄色のエプロンをしてキッチンに立っていた。

「どういうことかな？」と僕は尋ねた。

「言ったでしょ。トモちゃんが言い出したことなの。彼女に頼まれたのよ」

「えっ」

「あんたをしばらくの間預かってくれって。トモちゃんがそう言うんだから仕方がないでしょ。仁志君と恭子ちゃんにはどう説明したのか分かんないけど、上手くごまかしてあるって」

僕はぽかんとした。連絡デッキから見た知子たちの姿がまた浮かんだ。

「もちろん、本気であんたを預かるなんて思っていないわよ。その話は後で。いいから、そこに座っててちょうだい」と真弓はソファを指さした。

有無を言わせないぶっきらぼうな言い方だった。それ以上聞くのを諦めた。急にスーツケースが気になりだした。横に倒した。鍵は閉まっていなかった。

片側には、紺とグレーのスーツ、それにネクタイが二本、三、四日分のワイシャツと下着と靴下、そのほかいくつかの私服と二組のパジャマがあった。紺色の巾着袋には、通勤用の黒の革靴が入っていた。

もう片方は雑多だった。洗面台に置いてあるはずの歯ブラシとフロスと整髪剤、その下の引き出しにしまっておいた胃腸の薬にビタミン補給用のサプリメント、それに筋肉痛用の液体鎮痛剤。学生時代に京都の老舗のコーヒー屋で買ったカップもある。二十年以上使い、底が茶色く薄汚れている。それから読みかけの文庫本『Alla Turca』にアシュケナージのＣＤ、１９６０年代のドイツ製のフィルムカメラ、ガンダムの初代超合金のフィギュア、一千万年前の淡水魚の化石、デッサン用のミロのヴィーナスの胸像……

なんだこれは、と思った。

じっと見つめていると、自分という人間がそこに凝縮されているような気がした。それらは間違いなく全部僕のものだった。一方で、なんでこんなものを僕は持っているのだろう、と思った。スーツケースに押し込められた僕と、それを眺めている僕は全く違う人物であるような気がしたのだ。

目を背けるようにしてスーツケースを閉じた。

不意に視界に真弓が入った。先に食べて、と言ってローテーブルの上に皿を置いた。焼き鳥屋で包んで貰った串焼きが載っていた。

彼女の手がテーブルの上のリモコンをつかむと、壁に備え付けられた大型のテレビに映像が現われた。司会か誰かの声が聞こえてきた。何かのクイズ番組のようだ。音量が小さくて何を話しているのか聞き取れない。

真弓はキッチンに戻りかけたが、何かを思い出したようにソファに放りっぱなしのダウンを手にした。朝の待ち合わせの時のだろう、左のポケットから文庫本を取り出した。それをテレビの左にある本棚の一番上に突っ込んでからキッチンに戻った。

こげ茶色のアンティークな本棚だった。文庫本ばかりが並んでいる。たった今真弓の手によって文庫本が収納された辺りに目が行った。十冊以上の背表紙にドストエフスキーの文字があった。

僕の頭の中である人物がフワッと浮かんだ。その影はぼんやりとしていたのだが、さらにその左側の壁面が視界に入ったことで一気に鮮明になった。それはほとんど僕の真後ろにあってその時まで気づかなかった。

一枚の絵が掛かっていた。

あっ、と僕は声を漏らした。驚いた。杉田君の部屋で見たあの肖像画だった。そうだとすぐに分かった。あの時から三十年近くも経ったというのに、その記憶は僕の心の奥に強烈に残っていたのだ。彼の部屋でそうであったようにここでもそれは天井近くに飾ってあった。

僕の頭の中は一瞬で杉田君のイメージでいっぱいになった。ほとんど同時に、僕はなんて薄情なのだろう、と思った。映画を見ている時に、あれほど感傷的になっていたくせに、映画館を出てしまってから、今この部屋でこの絵を見るまで、すっかり彼のことを忘れていたのだから。

それなのに……　真弓は、この部屋でいつもこの絵を見て杉田君のことを想っているのだ。でも、どうして真弓がこの絵を持っているのだろう?

真弓の姿が視界に入って我に返った。テーブルにオムレツが置かれた。知子のオムライスがちらと浮かび、その味が思い出せないことに焦燥感を覚えはした。そのことはしかし、僕の視線が再び絵に戻るとどうでもよくなった。

真弓は火を使って調理している様子がなかった。ある程度作り置きしておいたみたいだった。電子レンジが微かにブーンとうなっては、時折チンと音を鳴らしていた。彼女は、混乱している僕の様子におかまいなしに、サラダとかピザとかを載せた皿を次々に運んでは並べていった。そうして最後にワイングラスを二つと白ワインのボトルを持ってきて、僕の隣に座った。エプロンを外していた。ワインを片方のグラスだけに注ぐと、何も言わずにステムをスッと持ち上げ、透明の液体を口の中にグイッと流し込んだ。

「ちゃんと教えてくれないかな」と僕は言った。

「何を？」串焼きで口をもぐもぐさせながら真弓は言った。

「何をって、知子が君に一体何を頼んだのかな。それとその理由」

第一にそれを確かめ、第二に杉田君のことについて聞かなければならなかった。

「食べれば」と真弓は僕をちらと見て言った。「人間、おなかが空いていると無意味に怒りっぽくなるから」

僕はため息をついた。自分でワインをグラスに注いで口に含んだ。それからピザをつまんで強引に口の中に押し込んだ。僕のその咀嚼が止むと、真弓がおもむろに口を開いた。

「トモちゃんはね。あんたが私のことを好きだと思っているのよ。同様に私があんたのことを好きだとも思っているの」

真弓はそこで黙った。僕の反応を確かめているようだった。僕は驚きっぱなしだった。何も言えなかった。

「あの子は、私たちと最初に出会った頃からずっとそう思っていたんだって。ずっと悩んでいたんだって。それは今もそうなの」

真弓はそう言って僕を睨んだ。あんた知らなかったの、といった感じで。でもそれはほんの一瞬で、すぐに悲しげな顔になった。

「私のせいかもね」と彼女は呟くように言った。「私たちはあの頃、もっとちゃんと話をするべきだったのかもね」

真弓はそれからしばらくの間、知子のことや僕たちのことを何か話していたが、僕の耳にはほとんど届かなかった。


いや、僕のせいだ。

僕は高校を卒業してからも真弓のことがずっと好きだった。だから入社した時に真弓の姿を見かけた時、どんなに嬉しかったことか。同時に真弓の中で杉田君の占める度合いが小さくなり、薄まっていることをどれだけ願ったことか。

真弓は杉田君が僕たちの前に現われる以前の真弓であるように見えた。明るく笑い、時々ぶっきらぼうに僕に話しかけた。僕からはもちろん、真弓からも杉田君の話題が出ることなどこれっぽっちもなかった。杉田君のことはすっかり忘れてしまって、昔のように僕のことを好いてくれているのではないか、と考えないわけにはいかなかったのだ。

だけど、やっぱり違った。気がつくと、真弓の顔には高校の時の、あの杉田君が死んだ後と同じように、翳りのある表情が浮かんでいるのだった。そのたびに、ああ、やっぱり真弓はまだ杉田君のことが好きなのだ、と失望するしかなかったのだ……

コトッと音がして我に返った。真弓がテーブルに置いたそのグラスは空だった。ボトルを傾け、注いでいる。そうしながら杉田君のことを話していた。

「――私ね、彼が死ぬ前の日に、彼に抱いてもらったの……」

11

「抱いてもらったの……　私が杉田君に頼んだの。無理矢理ね」

真弓の言っていることが上手く飲み込めずに動揺した。どうしてたった一日で、こんなにもショッキングなことをあれこれ一度に受け止めなければならないのだろう。

僕は真弓や知子のことを恨めしく思った。それと、この世にいない杉田君に対してもだ。

「彼が死んで私は気がおかしくなりそうだったの」

真弓は苦しそうに顔を歪めていた。こみ上げてくる感情を必死で押し殺そうとしているようだった。

「だってそうでしょ。私を抱いてくれた男の子が、次の日に自分で死んじゃったんだよ。私のせいで彼が死んだと思うのは当然でしょ。それが私の思い上がりであると分かっていてもね。実際、私なんて彼の中では何の意味もなかったし、存在していないに等しかったんだもの」

真弓はワインばかりを口にしていた。

「私ね、彼が転校してくる少し前に、先生に教務室に呼ばれて聞かされていたのよ。

『二学期から入ってくる杉田というやつは、ものすごく頭がいいらしいんだ。お前よりも遥かにだ。だけど気にするな。お前は十分頭がいいから、今まで通り勉強していればいいんだ。そいつは違う人種だと思っておけばいい』

その時は先生が冗談か何かを言っていると思っていたの。だってウチの高校なんかに私よりも頭のいい子が入ってくるなんて思わなかったから。もちろん私にとってはあんたが一番のライバルになるはずだったのに。あんたは最初からたぶんくだらないことでいじけちゃったでしょ？」

　僕は頷いた。

「二学期の中間試験が終わって二、三日あとに、私はいつものように教務室へ行ったの。先生から、お前が一番だ、という言葉を聞くためにね。それと違う言葉は入学してからただの一度だって聞いたことがなかったのよ。

　その時先生は一枚の紙をじっと見ていたの。微動だにせずにね。私が近づいても全然気づかなかったの。脅かし半分で後ろから顔を突き出してのぞき込んだのよ。順位表だとすぐに分かったわ。そうして冗談のつもりで、まさかの二番かしら、って話しかけようとしたのよ。そしたら目に入ったの。番号と名前と教科と点数がね。

　えっ、て思ったわ。杉田君の名前が一番上で、私の名前はその下だったから。何かの間違いかと思ったわ。でもね、本当に驚いたのは順番なんかじゃなかったのよ。彼の点数よ。全部満点だったの。

　先生は、すぐ後ろで私が唖然としているのにやっと気づいて、慌ててそれを机の引き出しにしまったの。それから私をどうなぐさめようか、困った顔をしていたわ。

　私はショックで、その日からしばらくの間勉強が手につかなくなったの。杉田君のことが気になって仕方がなくなったの。結局、先生が言っていたとおりに違う人種として見るどころか、存在していないものとして、できるだけ彼のことを考えないようにしたの。

でもそんなの無理だった。そうしようとすればするほど、杉田君のことばかり考えるようになったの。そのうちに彼に対する思いがどんどん膨らんで激しくなっていったの。嫉妬だけじゃなかったのよ。尊敬とかあこがれとか恋慕とか、みんな一緒くたになって、何がなんだかさっぱり分からなくなったの。これはきっと私たち若者にありがちな青臭い感傷で一時的なものだわ、って自分に言い聞かせたけど、全然そんなんじゃなかったのよ。

四六時中彼のことばっかり考えていたの。彼と一緒にいたくて仕方がなくなったの。だから杉田君が学校に来なくなってから、どうにも我慢がならなくなったの。どうしても彼に会いたくなったの。先生はダメだって言ったけど、私が彼を元気にしてあげられるかもしれないって、やっと住所を教えてもらったのよ。

バス停で降りてから何度も行ったり来たりしたわ。たまたま通りかかった人に聞いても誰も杉田なんて知らないって言うし。その辺りを一軒一軒訪ねたの。それでやっとその佐藤という表札の家にたどり着いたのよ。

でも玄関の脇のチャイムを何度押しても誰も出てこなかったの。だから諦めて帰ろうとしたのよ。そしたら後ろからドアの開く音が聞こえたの。振り向いたら杉田君が立っていて声をかけてくれたのよ。『どうしたの？　木下さん』って。

もうだいぶ暗かったから顔はよく見えなかったわ。彼は『せっかく来たんだから』って、私を中に入れてくれたの。そうして彼の部屋に入って、やっと杉田君の顔をちゃんと見ることができたの。一段と痩せたように見えたけど、ちゃんと杉田君だったわ。でもね、どこかがちょっと違うような気がしたの。

　コーヒーを入れてくると言って彼は部屋を出て行った。ヘッドフォンがあってそれを耳に当てたらクイーンの曲が流れていたわ。それを聞きながら彼の部屋の中を観察していたの。その時にあの絵が目に入ったの」

　真弓はそう言って壁の肖像画を指さした。

「ああそっか、って思ったわ。この絵は杉田君だし、さっき私が見た杉田君はこの絵の杉田君だわ。大丈夫、さっきのはいつもの杉田君だわ、って納得したのよ。

　それから彼がコーヒーを持って戻ってきて私の前に座ったの。私は彼に、どうして学校に来ないのだとか、来てほしいだとか、彼にとって的外れのくだらないことをあれこれ聞いたり説得したりしていたの。そのたびに彼は、そうだねとか、行きたくなったら行くよとか、曖昧な返事をしていたの。

　そうやってしばらくした時に、あれっ？　って思ったの。目の前の杉田君は、確かに絵の中の杉田君と同じだった。でもよく見たら、やっぱり両方とも学校で見ていた杉田君と違うような気がしたの。

　そう思ったことをそのまま杉田君に伝えたの。そしたら彼はちらと肖像画を見てこう言ったのよ。

『そうかもしれないね。学校にいた時の僕と違うかもしれない。でも、今君の目の前にいる僕も、あるいはあの絵の中の僕かもしれない僕も、もしかしたらむしろこっちの方が本当の僕かもしれないんだ』

私には彼の言っている意味が全然分からなかった。その代わりになんだか彼がとても可哀想に思えたの。彼がとても苦しんでいるように思えたの。もしかしたらこのまま消えていなくなってしまうんじゃないかって気がしたの。だから私が守ってあげなきゃって思ったのよ。気がついたら、私は彼に自分の気持ちをありのまま正直に伝えていたの。あなたのことが好きでたまらないって。そしたら彼はなんて言ったと思う？」

分からない、と僕は言った。

テーブルの上のボトルは空になっていた。真弓はグラスに少し残っていたワインを飲み干した。そうして僕に話した。僕はそんなことをこれっぽっちも知らなかったし、できることなら聞きたくもなかった。

こんな話だった。

12

「ありがとう」と杉田君は真弓に言った。

真っすぐ真弓を見たまま淡々と続けた。

「でも木下さんの気持ちには応えられないんだ。何故なら僕は、小林君のことが好きだからさ。君が僕のことをそんなふうに思ってくれているのと同じように、あるいはそれ以上に僕も小林君のことが好きでたまらないんだ」

真弓は唖然とした。あまりにもショックで彼の言葉を受け入れることができなかった。

杉田君はしかし、当たり前のようにさらりと付け加えた。

「彼のことを抱きたいし、彼に抱かれたいんだ」

それは真弓が理解するには最も平易な言葉でありながら、最も難解な言葉だった。

「彼はあなたの気持ちを知っているの？」真弓はそう聞くのがやっとだった。

杉田君は首を横に振った。悲しげでもなく、寂しげでもなく、機械のように無表情でそうした。

「私を抱いて」と真弓は言った。

頭の中でよく吟味するよりも先に、真弓の口が勝手に開いて出たような言葉だった。

(杉田君はとても苦しんでいる。その苦しみから解放してあげるには、私が抱かれるしかないのだわ)

後付けのようにそんな考えがちらと頭に浮かんだ。けれどもすぐにそれは自分を正当化するための身勝手な言い訳だと気づいた。

(杉田君自身は私のことなんて何とも思っていないのだわ。ああ、私はただ、この人に抱かれたいだけ。私を抱けば、私の方を向いてくれるかもしれないのだもの)

しばらく沈黙が続いた。自分の言葉が宙に消え、真弓はひどく惨めになった。帰ろう、と立ち上がりかけたその時、杉田君が口を開いた。

「いいよ」

杉田君は真弓の体にそっと触り、ベッドに導いてくれた。そうして自分から一枚ずつ脱いで裸になった。それから真弓の服を一枚ずつ脱がせた。そうして裸の真弓を包み込むようにして横になり、優しく抱いた。が、そんなことをされても真弓の哀しみや混乱が和らぐことなど少しもなかった。毎日寝る時に杉田君のことを思い浮かべて想像した悦びのようなものもあるわけがなかった。

杉田君は真弓がもういいと言うまで彼女を優しく抱き続けた。そのことはむしろ真弓を一層悲しくさせ、一層惨めにさせただけだった。

服を着た真弓はどうしていいか分からずに、ただ呆然としていた。気がつくと、肖像画をじっと見ていたのだった。それは何故か実物の杉田君よりも、真弓の心を落ち着かせてくれた。

「良かったら木下さんにあげるよ」

杉田君の声がして真弓は我に返った。

杉田君は立ち上がると椅子を壁際に寄せ、その上に乗った。そうして慎重に壁から肖像画を取り外して下に下りた。そして何の未練もなさそうにそれをスッと真弓に渡した。

「いいの？」

「いいよ。どうせ僕にはもう必要ないし。それに……　そうするのが一番いいような気がする」

杉田君はしかし、そう言った後で一度真弓の手から肖像画を取り戻し、しばらくの間じっと見入っていた。やがて脇机の引き出しに手を伸ばし、紙袋を取り出した。その中に肖像画をそっと入れ、再び真弓に渡したのだった。

真弓の話がそこで途切れた。しんとなった。目を瞑り、首を左右に振っている。まだ何かを言おうかどうしようか迷っているようだった。それを僕に向かって口にすれば楽になれる、きっとそういう類いのことなのだろうと思った。僕は息を殺してそれを待った。やがて彼女はフウと息を吐き、か細い声でそのことを話した。

「杉田君に抱いてと言ったのは、ほんとは彼があんたのことを好きだと知ってあんたに嫉妬したからよ。私はね、なんでも一番じゃなきゃダメなの。高校を決めたのだってそうよ。私より頭のいい子がいるかもしれない学校なんて恐くて行けるわけがなかったのよ。いつだって一番でないと苦しくて仕方がないの。欲しいものは全部手に入れないと不安でたまらなくなるの。杉田君には敵わないし、その彼が私に見向きもしないなんて、そんなこと私の頭が受け付けなかったのよ。抱かれれば、彼が私に従ったことになるの。抱かれれば、杉田君はあんたより私を愛したことになるの。そう思ったのよ！」

真弓はこれ以上もう何も話したくないといった感じで口をギュッと閉じていた。

僕にはしかし、たった今真弓が話したことがそのまま全部彼女の本心であるとは思えなかった。彼女もまた、僕と同じようにあの時の自分の気持ちがよく分からないままに長い年月が過ぎ、未だに整理できずにいるのだと思った。

真弓はソファの上で膝を抱え、声も出さずに泣いていた。背中が丸まり、震えていた。今度こそ僕は彼女の涙を見た。僕は黙ったまま彼女を見たり肖像画に目をやったりしていた。あるいはテーブルの上の手つかずの料理やら空になったボトルやらをぼんやりと眺めたりしていた。そうして思った。

僕は、今目の前にいるあまりに弱々しい真弓の姿を、もっとずっと前に見なければならなかったのだ。真弓ももっとずっと前に僕に見せるべきだったのだ。

腕時計を見ると十一時になろうとしていた。随分長い時間、真弓の話を聞いていたみたいだった。

「帰るよ」と僕は言った。

うん、と真弓は小さな声で言った。俯いたまま顔を上げようともしなかった。

マンションを出ると、吐く息は一層白く、濃かった。見上げると南の空に月が煌々と輝いていた。半月と満月の中間くらいの月だった。

スーツケースをガラガラと引きながら、駅に向かってとぼとぼと歩いた。家に帰ろうかどうしようか迷った。時々空車のタクシーが後ろからやってきた。そのたびに手を上げかけては引っ込めた。

やがて駅前にたどり着き、そのまま目についたビジネスホテルに入った。受付の男が差し出した料金表に目をやることもなく、一番安いシングルを、と言ってカードキーを受け取った。

五〇八号室のベッドに身を投げ、仰向けになった。スマホに何度も文字を入力してはキャンセルした。結局、知子にメールを送らなかった。僕がどこに泊ろうが、知子にとってあまり意味はないだろう、と自分に言い訳した。本当はただ億劫なだけだった。

朝まで眠れなかった。ずっと杉田君のことを考えていた。その記憶は最初のうちぼんやりとしていたが、いくらもしないうちに一気に鮮明になった。

「例えば……」

そう。杉田君は、あの時彼の部屋で、そう言って話し始めたのだった。本当の自分について……

13

(1)

「例えば……」と言って杉田君は一度口を閉じ、僕の目をじっと見つめた。

いいかい？　君はこれから僕の大事な話を聞くことになるんだよ。最後までちゃんと聞いてね。それまでは帰っちゃだめだからね。

彼の目がそんなふうに語っているように見えた。僕の瞳はまるで催眠術にでもかかってしまったかのように硬直し、視線を逸らすことができなかった。そのまま彼の瞳の中に僕の体が丸ごと吸い込まれそうな気がした。そうして言いようのない焦燥感がこみ上げてきたのとほとんど同時に、杉田君の口が再び開いた。僕は息を呑んだまま彼の話を聞き続けなければならなかった。

「例えばある時、僕が大きな橋の上を歩いているとしよう。どこでもいい。大きな川に架かっている長さ二、三百メートルの大きな橋さ。大きな橋だから歩道も幅が広いんだ。大人が三、四人並んで歩けるくらいのね。

僕はその歩道を歩いている。空は曇っていて、欄干の向こうに目をやると、川は増水していてひどく濁っている。上流で数日間大雨が降り続いた後の、あのコーヒー牛乳色のやつさ。ゆっくり歩いていると、向こうの方から若い夫婦と二人の子供がやってくるのが見えるんだ。子供たちはまだ幼い。男の子と女の子だ。互いに段々と近づいてきて、僕には彼らがとても幸せそうであるのが分かる。何故なら二人の大人はとても優しそうな笑顔を浮かべているからさ。

女の子は二歳か三歳に見える。両親の真ん中で両手をつなぎながらぴょんぴょん跳ねている。とても微笑ましくて羨ましく思う。ああ、僕にもこんな時があったんだと回想しようとする。でもそんな思い出なんてどこにもないことに気づく。

やがて僕は三人とすれ違う。手をつなぎあった夫婦と女の子の三人さ。男の子はといえば、随分離れてしまっていて、とぼとぼと歩いていたんだ。女の子よりは年上だけれど、年長さんくらいだろうか、まだ小さい。両親が女の子につきっきりな様子を後ろから恨めしそうに見ている。ふてくされて少し泣きそうな顔をしているんだ。

その時、僕はその男の子を眺め、とても可哀想に思っている。そして、そう思っている僕がいることを意識し始める。ああ、この男の子のことを可哀想に思っている僕が今ここにいる、ってね。

だけど、なんでそんなややこしい考えが頭に浮かんだんだろうって不思議に思い始めるんだ。と、突然全く別の考えが何の脈絡もなくフッと浮かぶんだ。それはとても恐ろしい思考さ。

僕は今、すれ違った三人に気づかれないようにサッとこの男の子を抱きかかえ、橋の欄干の向こう側へ放り投げることもできるんだぞ、ってね。

振り返ると、三人は向こうを向いたままで男の子のことをすっかり忘れているようでさえある。僕はさらに注意深く辺りを見回す。奇跡的に橋の前方にも後方にも、車道を挟んだ反対側の歩道にも、この家族を除けば人影が見えない。車だってどこにも見えないんだ。頭がそう認識した途端、パッとひらめくんだ。

今、目の前のこの男の子を放り投げて、知らん顔をして歩いていっても、誰も目撃者はいない。今がチャンスだ。

まさか、何を考えているんだ、と思い直す。今のは一瞬のただいたずらな思考で、もちろんそんなことをするわけがない。でも待てよ。僕のこの頭は、一体全体どうしてこんなことを思いついたんだろう。

僕はそうした自分の思考に驚愕するんだ。すると、もしかしたら僕はその恐ろしいことを、本当はそうしたいと思っているんじゃないんだろうか、ってそう考えないわけにはいかなくなるんだ。頭の中でその思考の占める領域がどんどん膨れ上がっていくんだ。

僕はじっと立ち止まったまま、男の子が僕の目の前を通り過ぎるのを見ている。僕の両手が男の子に向かって伸びようとするイメージを浮かべながらね。混乱しているくせに妙に冷めてもいるんだ。だって、背中を冷や汗がつーと伝っていて、おや、汗が背中を伝っているぞ、って冷静に自覚している僕もいるんだから。

やるなら今だ。ほら、何をグズグズしているんだ。

頭の中のそのフレーズが口をついて出そうだ。それでもその頭の片隅にかろうじて反対の思考がまだ残っていることにも気づくんだ。

頼むから早くパパとママの方へ走り去ってくれ。そうしないと僕は君を摑まえて本当に投げてしまうかもしれないじゃないか。

心の中で男の子に向かってそう叫んでいる僕もいるのさ。でもそっちの方の僕のイメージはどんどん萎(しぼ)んで今にも消えてしまいそうだ。

とうとう僕の腕が動き始める。その僕の様子を、ああ、と心の中で嘆き、頭を抱えて眺めているもう一人の僕はもはや薄っすらとしていて霧のようだ。一度動いてしまった腕は止まらない。そうしてその両手がグッと伸びそうになったまさにその時さ。男の子の名を呼ぶ母親の声が聞こえる。ハッと我に返って振り向くと、三人がこっちを見ている。男の子の顔がパッと笑顔に変わる。その瞬間、三人の方に向かって走り出すんだ。僕は、その幸せそうな四人の後ろ姿が消え去るまで呆然とそこに立ち尽くしているんだ。ひどく混乱しているんだ。じゃあ本当の僕なんだろう。あるいはどれも本当の僕じゃないんじゃないか。一体どれが本当の僕なんてどこにもいないいんじゃないかってね。そのうちに僕はまたもや僕の外側から僕を見ているらしいことに気がつくんだ。そして思うんだ。じゃあ僕は一体誰なんだって。

そういう感覚って、分かるかい？」

僕にはさっぱり分からなかった。分かるわけがなかった。

そう言おうとしたけれど、杉田君ががっかりするような気がして口にできなかった。が、僅かでも正直に首を横に振らないわけにはいかなかった。すると、杉田君はやっぱり残念そうにため息をついたのだった。

杉田君の話はまだ続いた。顔が小刻みに震え、興奮しているようだった。目は大きく見開いたままで、どこにも焦点が合っていないように見えた。

「そのぐにゃぐにゃした感覚は、兄貴が自分で死んでしばらくした後に、ある日突然現われたんだ。その時になってやっと兄貴が苦しんでいた理由が分かったんだ。兄貴はずっと幼い頃から同じ感覚でとっくに苦しんでいたんだ。それなのに、僕の前ではそんな素振りをこれっぽっちも見せなかった。いつも笑っていたんだ。

僕は激しく自己嫌悪した。どうしてもっと早くこの忌まわしい思考が僕に現われなかったんだろうって。そうすれば兄貴と一緒になって互いにもっと分かり合えて、助け合うことができただろうに。

あの絵はたぶん、僕にも分かってもらえないことに失望した兄貴が、自分自身をつなぎとめるために描いたんだ。大丈夫、ほらこの絵の中に、ここにちゃんと本当の自分がいるから心配するなって」

杉田君はそこで黙ってしまった。両手で自分の顔を覆っていた。僕はどう声をかけていいか分からなかった。

「でもね、僕にとって本当に恐ろしいのはそんなことじゃないんだ」

杉田君はそう言って両手を顔から離した。彼の顔は僕のすぐ目の前にあった。けれども僕を見ているわけではなかった。無表情でうつろな目をしていた。

しばらく沈黙が続いた。どこかで救急車のサイレンが鳴っているのが微かに聞こえた。杉田君がスゥーと深く息を吸い、フゥーと長く吐いた。僕は緊張した。

(2)

「その感覚が現われた時はね……」

そう言って杉田君は再び口を開いた。彼の喉がゴクンと音を鳴らしたのが聞こえた。

「部屋の隅で膝を抱えてじっと我慢しているしかないんだ。必要最小限の呼吸をして虫にでもなったつもりでいるしかないんだ。すると、その感覚は突然フッと消えてなくなってしまう。魔神が魔法のランプに吸い込まれていくみたいにね。するとしばらくの間は何事も起こらないんだ。

ああ、良かった。気のせいだったんだって最初は思ったよ。でも違った。忘れた頃にまた現われるんだ。その頻度がどんどん増していったんだ。そのうちに、とうとう僕は大事な人を傷つけてしまったんだ。

それだって突然だったんだ。兄貴が死んで何か月か経ったある日のことさ。僕はその時、ソファでテレビをぼんやりと眺めていたんだ。たまたまセサミストリートだった。そういえば子供の頃に兄貴と一緒によく見ていたっけ、とでも思い出していたかもしれない。

母が後ろのキッチンで夕食の支度をしていた。その母が僕に向かって何かを言ったんだ。母が何を言ったのかは覚えていない。今日は何してたのとか、おなかすいたでしょとか、たぶんそんなことさ。普通の家庭の普通の母親が普通の子供に投げかける何気ない普通の言葉さ。

でもそのせいで僕は、画面の向こうでビッグバードが何かしゃべったのを聞き逃したんだ。たったそれだけのことだったんだ。そのことで僕の中の奥底の何かがピクッと反応したんだ。それはその場所から一気に膨張しながら突き上がってきたんだ。そのせいで僕の心も体も今にも張り裂けそうになったんだ。僕はそのイメージを僕の内側に向かって必死に押し戻そうとしたんだ。激しい吐き気を我慢しようとする時のようにね。

でも無理だった。全然無理だった。僕の中で確かに何かが弾けたんだ。

僕は食卓の椅子を両手で掴んで振り上げていた。そしてそれを渾身の力を込めて床に叩きつけた。ガッシャンと激しい音がした。

母が驚いてこっちを振り返るのが分かった。僕はその椅子を再び高々と持ち上げ、もう一度叩きつけた。さっきよりももっと強く。バキッと鈍い音がして背もたれの一部が折れた。それから両手で食卓のテーブルの片側の二本の足を持って、それを丸ごとひっくり返した。上にあったいくつかの調味料が床に音を立てて落ちた。

母が歪んだ顔をしているのが見えた。僕の様子があまりにも恐ろしかったのだろう。泣き叫びたくてもそれができずに口が半開きになったまま固まっていた。

　僕の方は、そんなことにおかまいなしに、すぐにキッチンに行き、母のすぐ傍の食器棚の扉をあけ、片っ端から茶碗やら皿やら丼の器やらを掴んでは壁や床に向かって思い切り投げつけた。次から次へと食器が割れるすさまじい音がし、破片が激しく飛び散った。

　僕はだけど、自分がやっているその行動を、外側から静かに傍観しているような感覚に陥っていた。僕は一体何をやっているのだろう。あるいは、君は一体何をしているんだい、といったふうに。けれども僕はその行為を自分の意思で止めることができなかった。そのうちに意識がフッと飛んでしまった。

　気がついた時、母が僕の体をこれでもかというくらいに羽交い締めにしていた。分かったから、分かったから、と何度も何度も繰り返し、泣きながら叫んでいた。

　僕は放心状態だった。目に入った光景があまりにも常軌を逸していて、それが自分が起こしたことなんだと自覚すると、言葉も思考力も失ってしまった。僕は母に抱きしめられるままでいた。母の手から流れる血をただぼんやり見ていたんだ。

　僕と母は随分長い間そうしていたように思う。そのうちに母の力が緩むのが分かった。自分の中で確かに感じたはずのあの忌まわしいものはどこかに消えてしまったようだった。その時にはもう外側から眺める感覚はなかった。僕は僕の体と一体であることを実感しながら自分の手を見ていた。この手がついさっきまで怒り狂った暴挙を生み出していたとはとても思えなかったんだ」

杉田君の話によれば、彼はその出来事があった後、母親に連れられて地元の国立大学の付属病院へ行ったという。同じような症状で彼の兄と彼の父親が通院した同じ病院の同じ医師の元へ。

自分で死んだのは彼の兄だけでなく、彼の父親もそうだった。彼の父親は決して子供をほしがらなかった。が、杉田君の母親が妊娠したことを知ると、やがて命を絶った。自分と同じ血が流れている子供たちに自分の姿を見せてしまえば、その血が騒ぎ出すに違いないと思ったのだ。

けれども父親のその自己犠牲の甲斐はなかった。結局兄弟は生前の父親のことを知ることもないのに、受け継いだ血が勝手に騒ぐことになった。

父と兄の死の理由について、杉田君は母親から何も聞かされなかった。兄の葬儀に集まった親戚たちの無神経な会話を、頭のいい杉田君がこっそりと盗み聞きし、つなぎ合わせて理解したのだった。

杉田君はそれらのことを話し終えると、もぬけの殻になってしまったような様子で黙ってしまった。すっかり生気をなくしていた。僕はどうすることもできずに、彼の前でただじっとしていた。真弓がそう思ったように、僕もこの時、このまま彼が消えていなくなってしまうような気がしてならなかった。

　どうすればいいのだろう、と途方に暮れていた時に、電話が鳴っている音が微かに聞こえた。それは階下からのようだった。僕は杉田君の肩を揺すって、電話だよ、と伝えた。何度かそうやっているうちに、ようやく杉田君の目が正気に戻ったみたいだった。彼は部屋を出て行き、しばらくして戻ってきた。

「ちょっと急用ができたんだ」

　杉田君は泣きそうな顔をしていた。そこには悲しみを帯びてはいたけれど、表情というものが確かにあった。そのことはむしろ僕をホッとさせた。けれども彼にとってあまり良くないことが起きたのだと思った。

　それからほとんど言葉を交わすことなく、僕は彼の家を出た。外はすっかり暗かった。振り返ると、彼の黒い影がこっちに向かって手を振っていた。が、その動きはすぐに止まってしまった。影はただそこにじっとしていた。その影がそこでそうしている限り、僕は動けなかった。しばらくの間、僕たちは互いに静止していた。

『まだ話したいことがいっぱいあったのに。僕の急用のせいにしてやっぱり君は帰っちゃうんだね。やっぱり僕のことが嫌いなんだね』

　暗がりの中からそんな声が聞こえてきそうでならなかった。

永遠にここでこうしているのだろうか、という考えがちらと浮かんだその時に、どこかでカラスがカアと鳴いた。すると、それが別れの合図であるかのように、彼の影がスッと家の中に入った。カチャとドアの閉まる音が微かに聞こえた。とても悲しくてとても切ないカチャ、だった。

僕は元来た道を歩き始めた。もう振り返らなかった。

けれども僕は、一歩一歩慎重に歩を進めなければならなかった。外灯がまばらでその照度がとても弱かったからだ。ここまでやって来た時の順路は単純だったと思い返したけれど、万が一間違ってしまったら二度と自分の家に帰れないような気がしたからだ。

通り沿いの家の明かりがポツポツ見えはした。が、どこもかしこも静まりかえっていて本当に人が住んでいるように思えなかった。誰もいない真っ暗な公園というのはこんなにも寂しいものなのだと初めて知った。暗がりに目が慣れると、堪らずに走った。そんな空間から一刻も早く抜け出したかった。

杉田君の言っていたとおり、バスはちゃんとやって来た。中は、運転手のすぐ左側に男が

僕はできるだけ窓の外を見ないようにした。暗闇の中で真っ黒なものの判別などつくわけがないと分かっていてもそうした。ふと無数のカラスたちのことを思い出してしまったのだ。あんなものはもう見たくなかった。だから別の思考に切り替えようとした。すると、どうし

ても杉田君のことしか浮かばないのだった。僕の感情はむしろそのことの方を嫌ったみたいだった。結局、カラスのことを考えた。もごもごとうごめいている不気味な集団のことを思い浮かべることでどうにか気を紛らわすことができた。もしかしたらあの中の一羽が杉田君の家の近くまでやってきてカアと鳴き、僕を彼から引き離してくれたのかもしれないとさえ思った。途中で、男が降り、僕一人になった。

　高校の前で僕は杉田君からもらった百円玉を二枚運賃箱に入れた。そのことで彼に借りを作ってしまったような気がした。僕が降りるのと入れ違いでサッカー部の連中がバスに乗り込んだ。彼らの楽しそうな笑い声が聞こえた。それらのせいで一層塞ぎかけたのを、いつもの家路がいくらか和らげはしてくれた。

　僕の住んでいる街は生き生きとしていた。アーケードの下で買い物袋を持った大人たちがせわしなく歩いていたし、次々と前からやってくる車のライトが何度も僕の目を瞬きさせた。それらは僕を現実の世界に引き戻してくれたような気にさせてくれた。反対に杉田君の部屋での出来事が幻影であったように感じさせてくれたのだし、できることならそうであってほしかった。

　でもそんなわけはなかった。家に着くや否や、何かに突き動かされるようにして階段を駆け上がり、自分の部屋に籠もった。学生鞄の中からカセットテープを取り出し、握りしめた。部屋の隅で膝を抱え、それをじっと見つめた。そうして杉田君が僕にした話を、彼の口から出た音声を頭の中で再生しようとしていた。そんなことはしたくないのにそうしていた。玄関でじっと立っていた影が浮かんだ。明日また彼に会わなければならないのだ、と思うとひどく気が滅入った。けれどもその心配は無用だった。その代わり僕はもっと苦しむことになったのだけれど……

次の日以降、彼が教室に（もちろん校舎の裏にも）やって来ることはなかった。あの黒い影が僕の見た彼の最後だった。

（3）

彼の家に行ってから二週間後くらいだっただろうか、クラスの男子が街で偶然彼を見たと噂していた。街中の交差点で信号待ちをしている時に、反対側の歩道を一人で歩いている杉が、それは別人のようだったらしい。遠目にも頬がこけ、徘徊している老人のように小股でトットットットッと妙な歩き方をしていた。背中が曲がり、背が縮んでいた。それでもそれが杉田君だと分かったのは、学生服の詰め襟から僅かに飛び出た白のカラーを認めたからだとその男子は言っていた。そのうちに車が何台か続けざまに目の前を通り過ぎた。それらが途切れた時、杉田君の姿は見えなくなっていたのだそうだ。

その噂話から数日後に彼は死んだ。真弓の部屋で彼女から聞いた話が本当なら、彼女はその前日に彼の家に行ったことになる。

担任はあの時、彼が不慮の事故で死んだのだと言った。事情があってそれ以上は教えられないと口を閉じた。僕にはしかし、そんな説明が通じるわけはなかった。教務室で担任に食い下がり、こっそり別室で教えてもらった。

杉田君は自分の部屋で死んだ。クローゼットのハンガーパイプに紐を吊るしたのだそうだ。僕は彼の部屋のクローゼットのことを思い浮かべた。あの時見たシーンが忠実に頭の中で再現された。

がらんとしたモノトーンの空間。冷たく光っていたハンガーパイプ。だらんと下がった学生服。詰め襟の内側の白……　もっとカラフルでたくさんの洋服がそこにあったなら、少なくとも彼はそんな場所を選ばなかっただろうに。

彼の死の少し前に彼の母親が病院で亡くなったらしかった。ああ、僕が彼の部屋にいた時にかかってきた電話はそれと関係していたに違いないと思った。

杉田君自身はずっと病院で心の治療をしていたのだそうだ。そうして症状が落ち着いた頃に彼の担当医の勧めで転校してきた。その担当医と僕たちの高校の校長が親しかったらしい。

そう担任は教えてくれた。杉田君の母親はそのしばらく前から病気で入院していて、彼は佐藤という親戚のあの家から通っていた。

　それ以上のことは知らない、と担任は首を振った。真弓にも同じ事を話したと言い、僕と彼女の二人だけの秘密にするようにと念を押した。

　彼の死から一週間も経たないうちにクラスの誰もが彼のことを話さなくなった。でもその直後に一度だけ彼の話で学校中が持ちきりになったことがあった。一か月前にあった模擬試験の結果が渡り廊下に張り出されたのだ。とても寒い日だった。掲示板の脇の窓の向こうにボタボタと雪が降っているのが見えた。

　僕が彼の家に行ったあの日の模擬試験のだった。二十番以内の氏名と点数が縦書きで記されたその順位表の右端に彼の名前があった。それまでいつもトップだった真弓の名前は、右から二番目だった。杉田君の点数は真弓のそれを大きく引き離し、断トツでトップだった。僕の点数は彼の半分にも満たなかった。

　彼の点数は全国で一番だったと担任が言った。クラスの誰もがそれに反応しなかった。あ[illegible]誰もがまともにそれを受け入れることができなかったのだと思う。

　彼のことはすぐに皆の記憶から消え去ってしまったようだった。あるいは、わざと話さないでいるようだった。僕と真弓はむろん後者だった。

杉田君はきっと、彼の父親や兄と同じように自分の将来を悲観したのだ。母親を亡くして一人ぼっちになってしまい、誰かに迷惑をかけてしまうのではないかと恐れたのに違いない。僕のせいじゃない。あの時、僕は何度も自分にそう言い聞かせた。

けれどもさっき真弓の部屋で彼女の身に起こった真実を聞いてしまった以上、心の奥底に追いやった考えを、もう一度引っ張り出さない訳にはいかなかった。

僕のことも彼に死を選ばせた要因の一つに違いないのだ、僕は彼を見捨てたのだ、と。

彼の死の真相を担任に確かめたことだってそうだ。本当は知りたくなかった。けれども聞かないわけにはいかなかったのだ。知らないことの方が、むしろ想像をかき立て、恐怖に苛まれるような気がしたのだ。でもそれはやっぱり間違っていた。より具体的によりリアルに想像することを可能にしただけだった。

僕は杉田君が学校に来なくなってから、担任と相談して杉田君の家には行かなかった。行かない方がいい、と言った担任のその助言を言い訳にしてそうしたのだ。でもそれだって本当は違う。最後のあの日の杉田君の様子を不吉に感じて、それが僕にまとわりつき、とても怖くなったのだ。

杉田君の死後、しばらくしてから僕は必死になって自分を変えようとした。可能な限り無感覚になり、無表情になり、無口になろうとしたと思う。猛勉強を始めた。そうでもしないと本当におかしくなりそうだったのだ。僕は校舎の裏へ行くのをやめた。代わりに図書館へ行って閉館まで勉強した。それから自宅に帰り、夕食と風呂以外は机に向かい続けた。毎日毎日夜が白み始めるまでそうした。クタクタになって目を開けることが不可能になるまでそうし続けた。

が、ある時ふと校舎裏で杉田君が僕に言っていたことを思い出した。

『小林君は勉強するきっかけがありさえすればいいだけなのにね……』

そのきっかけが、杉田君の死であったことに気づいて愕然としたのだった。

何をしようが僕はがんじがらめなのだと思った。気を抜いた瞬間に暗闇の中に引きずり込まれてしまいそうな気がしてならなかった。その暗闇には杉田君と彼の父親と兄が、あるいは彼らを苦しめた忌まわしいものが潜んでいるに違いないと思った。その激しい恐怖感と焦燥感が突然僕を襲い、どうにもならなくなる時があった。そんな時、僕はヘッドフォンをして彼から貰ったカセットテープを大音量で聞き続けた。

僕は彼から逃げられない、だけど彼が僕にくれたこのテープを聞き続ける限り、彼は僕のことを恨みはしないだろう。そう念じながら。実際、クイーンの曲を聴く時、僕は彼のことをはっきりと感じることができた。すぐ傍に彼がいるような気がした。ありがとう小林君、僕のことを思い出してくれて、どうかこれからも忘れないで。そんなふうに僕を許してくれているイメージを思い浮かべようと全神経を集中させていたと思う。

結局、そんなふうに僕は彼のことばかり考えていた。

最初に流れるサムバディ・トゥ・ラヴは、彼の叫びなのだ。彼の部屋で聞いたあの時は、歌詞の意味なんて分かるはずもなかった。けれど今ならはっきりと分かる。

誰か僕に、僕が愛するべき人を見つけてくれ……

大切な人たちを失った彼は、心の闇の中でそう叫んでいたに違いなかったのだ。あるいはそう叫びながら、僕をその対象にできるかもしれないとささやかな望みを抱いていたのかもしれなかったのだ。

僕はしかし、さも彼に寄り添っているふうを装い、彼を理解しているようなフリをしながら、やっぱりただ自分の身を守ることに腐心していたに過ぎなかった。彼の気持ちを知らなかったとはいえ、彼が愛するべきその対象になることを僕は拒み、踏みにじったのは事実なのだ。

このままだと今度は僕が杉田君と同じになってしまう。そのことばっかり考えていた。怖くて怖くて仕方がなかったのだ。

結果、いつしか僕は杉田君に対する恐れを憎しみに変えていた。憎むことで恐怖に対抗し、はねのけようとしたのだ。そうやってどうにか平静を保とうとしたのだ。それが筋違いであり、ひどく自分勝手なことだと自己嫌悪はした。けれども彼を憎むことをやめなかった。やめることができなかった。本当に恐怖に潰されそうだったのだ。

僕はただの醜い偽善者だ。

ある時そのことを認めた。

そうした状態がいつまで続いていたのか、よく覚えていない。気づいた時、僕はクイーンを聞くのをやめていた。カセットテープを押し入れにしまっていた。必死になって杉田君のことを忘れようとしていた。たぶんそれが最良の選択だと無意識に（いや、どうだろう、やっぱり意識的であったかもしれない）僕の心と体が判断し、そうしてくれたみたいだった。

この世の仕組みはうまくできている。時間の経過は、ある時確かにあったはずの思考も感情も、そしてそれらの記憶も（それらがたとえどんなに激しくて鮮烈なものであったとしても）曖昧にし、やがて消し去ってくれる。大概の人々にとってそうであるように、僕にとってもまたそうなった……

14

目が覚めた時、そこがビジネスホテルのシングルルームだと気づくのに一定の時間を要した。

朝方まで眠れずにいたので、チェックアウトぎりぎりにタイマーをセットしていた。が、デジタル時計の表示はまだ７：08だった。もう一度寝ようとしたが、空腹がそれを妨げた。よく考えれば、前日の夕食は串焼きの二、三本と、ピザの一切れくらいだったと思い出した。真弓の話を聞いているうちに食欲が失せたのだ。

フロントには、チェックインした時と同じ男が一人いるだけだった。左胸の白いネームプレートには坂井とあった。

先に精算をした。外で食事をしたいのでスーツケースを預かってくれないかと頼むと、かまわないと彼は言ってくれた。貴重品は入っていないかと聞かれ、フィルムカメラとガンダムのフィギュアが頭に浮かんだ。が、入っていない、と答えた。鍵はかかっていると嘘をついた。

坂井さんは近くにある喫茶店を勧めてくれた。

「モーニングセットがおいしくてボリュームもあります。サービスもいいですし、きっとくつろげると思いますよ」と言った。

日曜の朝の駅前は人通りが少なかった。喫茶店は、駅前通りを挟み、ホテルの反対側にあった。駅前のロータリーのすぐ手前にある信号を渡らなければならなかった。

横断歩道を渡る時にバスターミナルに目が行った。発着場所ごとにバスの行き先が大きく表示された看板が並んでいた。その中に病院行きがあった。いつも会社の前から乗るバスも、知子たちが繁華街から乗ったバスも、ここから出発するのだと思った。

喫茶店は人気があるようだった。カウンターもボックス席も半分くらいが埋まっていた。年配のなじみ客がほとんどのようだった。

できれば窓際がいいと頼むと、ウエイトレスはにっこり微笑み、真ん中の通路を先導した。そうしてその突き当たりのボックス席に案内してくれた。その両隣のボックスには、それぞれ女の客が二人ずつ左右向かい合って座っていた。窓の外からの逆光の中で四人とも黒い影だった。

ウエイトレスは良かったらどうぞと言い、全国紙の朝刊を差し出した。それを手にし、自動車メーカーの元会長再逮捕を伝える一面の見出しに目をやりながら席に座った。モーニングセットでホットコーヒー、と頼んだ。彼女は、かしこまりました、と上品な笑みを浮かべ、去って行った。なるほど、坂井さんが勧めてくれたとおりだと思った。

新聞を広げようとして手を止めた。聞き覚えのある声がすぐ後ろのボックス席から聞こえてきたからだ。その声の主は、ちょうど真後ろで僕に背を向けているようだった。ほとんどその女がしゃべり、向かい側の女がそれを聞いてあげているというふうだった。

「——ほんと、やってらんないわ。もうさあ、疲れたわよ。また一人やめちゃってさ。ここんとこシフトがメチャクチャなの。昨日の昼間から今日の朝までぶっ通しよ」

「大変ね」

「相手がまともならまだいいんだけどさ。会話の成り立たないボケ連中相手に、おしっことかうんちとかの世話しているとなんか空しくなってくるのよね。ああ、なんで私がこの人たちの面倒見てあげなきゃならないんだろうってね。

もちろん仕事だからしょうがないいんだけどさ。年取ったせいかな。なんか馬鹿馬鹿しくなっちゃってさ。だから最近はなんにも考えないようにしているのよ。機械になったつもりでさ。

それでも時々憎らしくて仕方なくなる時があるのよ。言うことを聞かないで暴れたり、点滴の針を抜いたり、味噌汁のお椀をひっくり返したりしてね。頭をパコーンって叩きたくなるわよ。でもそういう時は右手を自分の左肩に乗せてゆっくり六つ数えるの。昔先輩に教わったんだけどさ。そうするとブチ切れそうになるのがちょっとは収まるの。六つよ。五つじゃだめなんだって」

「ふーん」

ウエイトレスがモーニングセットを運んできて、ごゆっくりどうぞ、と言った。ありがとうと声を出す代わりに頷いた。笑みを浮かべたつもりの顔はどう考えても引きつっていたと思う。皿の上にはやや大ぶりのサンドイッチが五つもあった。それぞれ斜めにカットされた二枚の食パンがふわふわの分厚い卵を挟んでいた。別にサラダとオニオンスープ、それにコーヒーがトレイに載っていた。が、さっきまであった食欲はどこかへ消えてしまった。後ろの女の声と話で頭がいっぱいだった。

「でもね、本当に頭にくるのは、あの人たちの無責任な家族よ。ほとんどの人たちはたまにしか来ないの。来てもほんのちょっとしかいないのよ。自分はとりあえず来たっていうアリバイ作りみたいにね。

　私の顔を見ると、今日はどうでしたか、元気でしたかって聞くわけ。そのたんびにこっちは愛想笑いをして、その日の様子とかを細かくいちいち教えてあげなきゃなんないのよ。そうしないと、あんた介護士のくせに何やってたのよ、って感じの蔑んだ目でこっちを見るのよ。

　そういう目で見たくなるのは、むしろこっちの方だわ。この家族一体どうなってんのっていうくらい、てんでバラバラ、皆別々にやってくるのよ。ねえ、信じられる？　同じ家族なのに、妻と子供が見舞いに来ていることを夫が知らないのよ。

　バラバラの一人一人におんなじ事をおんなじように一から話してあげなきゃなんないの。あのね、私はあんたんとこのじーさんとかばーさんだけの面倒をみているわけじゃないの。何人も一遍に朝から晩まで四六時中世話してんのよ。こっちはくっそ忙しくてクッタクタなの。たまに来て、ほんのちょっとだけいて、それでお見舞いとか介護とかしたつもりになって勘違いしているあんたたちと訳が違うんだからねって」

「そだね」

「あっ、そろそろ行かなきゃ。うちの子、午後からサッカーの試合なの。帰ってお昼作んなきゃ。洗濯も溜まってるし。それに旦那の母親がそれこそボケ始めてさ、様子みてくれっていうのよ。向こうの実家にも行かなきゃ。介護士なんだから頼むだってさ。アホかっつーの。実の親の面倒に介護士とか関係ないでしょ。あんたがしなさいよって言いたいんだけどさ。そうもいかないのよね」

女はそう言うと、はあー、と肺の中が空っぽになるくらいの深いため息をついた。

「大丈夫？　夜勤明けなんでしょ？　平気？」

「うん、大丈夫。明日久々に休みだし。ごめんね、朝っぱらから愚痴に付き合わせちゃって。おかげでなんかちょっとスッキリしたわ。ありがと」

後ろで二人が立ち上がるのが分かった。慌てて新聞を開き、顔を覆った。二人が脇を通り過ぎ、気配が消えてから紙面の上に半分だけ顔を出した。

レジの方に二人が歩いて行く。そのうちの一人の横顔がちらと見えた。やっぱり……　立川さんだった。

卵サンドを口にしたのはしばらくしてからだった。

店を出てホテルに電話をした。坂井さんが出た。ちょっと用ができたのでスーツケースを昼過ぎまで預かってほしいと頼んだ。

「承知いたしました。私は引けますので代わりの者に伝えておきます」と彼は言った。

バスターミナルで時刻表を確認した。青いベンチに座ると冷たかった。樹脂製のそれが尻に馴染むまで少し時間がかかった。

十分後に病院行きのバスがやってきた。

15

病室に入ろうとした時、中から声がした。足を止め、カーテンに伸ばしかけた手を戻した。弟の声だった。日曜のこんな朝早くにいるとは思わなかったので驚いた。立川さんの言うとおりだ。僕たちは皆バラバラだ。

弟の声音は五七調に聞こえた。そのままじっと耳を澄ました。

「どうだい母さん、今日のは。まああだろ？」

何かボソボソ声が聞こえる。母の声だろうか。

「ん？　何だって？　ええっ、つまらん？　ってそりゃないよ。厳しいなあ、母さん」

「アー」

「まあ、いいや。また考えてくるよ。それよりさあ、母さん」

弟はそう言って黙った。母の応答もない。沈黙が続いた。僕はたった今来たようなフリをして中に入ろうとした。が、再び弟の声がして思いとどまった。

「アー」

「あのさあ……」

「あのさあ、母さん、俺もちょっと疲れてきたよ。父さんはすっかり腑抜けになっちゃったよ。ここんとこずっと塞ぎ込んでいて、また小さくなったような気がするなあ。あれだけ母さんのことをガミガミ言ってうるさかったのにね。こんなふうになって、やっと母さんのありがたみが分かったんだろうな、きっと。

俺だってそうだよ。母さんがいてくれたおかげで、父さんのことなんて全然気にする必要もなかったのにさ。それが、今は結構重荷になってるんだ。父さんは益々腰が悪くなってさ、買い物だってままならないんだ。まともに歩けないし、判断力だって鈍っているだろうし、それなのに車でスーパーに行こうとするんだぜ。危なくって仕方がないんだ。事故でも起こして人様を巻き込むわけにいかないからね。いい加減免許を返上しろって言っているんだけど、ちっとも聞きゃあしないんだ。

とは言ってもさ、免許まで奪われたらがっかりするだろうね。生きている証みたいなものがまた一つ消えるようなもんだろうからね。だから俺もあんまし強く言えなくってさ。仕方ないから最近は俺が買い物に行ったり、医者にも連れてったりしてんだ。

本当はさ、兄ちゃんがさあ、家を継いでくれるもんだとばっかり思っていたからさ。それなのにさっさと出ていったから。当てが外れたとか、そんなんじゃないけどさ。もちろん俺なんかより、母さんと父さんの方ががっかりしたんだろうけどさ。

兄ちゃんにはほんとは頭にきてんだ。もうちょっとばかし父さんの面倒見てくれてもいいのに。家を出て行ったのだって俺には未だに何の説明もないしね。ケジメってやつだと思うんだけどさ。まあ今さらどうでもいいけどさ」

「アア？」

「ハハ、よくないか」と言って弟は笑った。「まあね。そうかもな。結局俺が中途半端になってさ、結婚もできなくなってさ。正直恨めしいよ」

僕はいたたまれなくなってそっとその場を離れた。母がいつも食事をしている共同スペースに行った。半透明のついたてで仕切られた休憩コーナーのソファに身を潜めるようにして座った。周りには誰もいなかった。ナースコールが鳴らない限り、日曜の午前中は平日の夜よりもずっとひっそりとしているようだった。

頭の中で弟の声がグルグル回った。ひどく自己嫌悪した。が、待てよ、と思った。

僕は本当に自分を責めているのだろうか。さも自分が良心の呵責を抱えた善人であるかのようにただ演技をしているだけじゃないのか。その観客は僕しかいないのに。

キュッ、キュッ、キュッ、キュッ……

廊下からスニーカーの足音が聞こえた。弟に違いない。中学で野球部と陸上部を掛け持ちしていた頃からの彼の癖だ。ふくらはぎを鍛えるんだと言ってやり始めたつま先歩きが染みついてずっとそのままだ。

ついたてとついたての細い隙間からそっと覗いた。やっぱり。弟は僕に気づかなかった。

ポーン…… エレベーターの音。

十秒数えてから、ゆっくりと立ち上がった。壁の角から恐る恐る覗き見ると、彼の姿はなかった。


カーテンを開けて病室に入った時、母は仰向けでじっとしていた。毛布はきちんとかけられたままではだけていなかった。眠っているのかも、起こさない方がいいな、と自分に言い訳して中に入るのをためらった。本当は、弟の愚痴を母が理解していたとはとても思えないにしても、それを耳にしたばかりの母と顔を合わせるのはなんだか気が引けたのだ。

入り口で立ったまましばらくの間観察していた。そのうちに動き出すかもしれないと思ったが、そうはならなかった。

やっぱり母と話がしたかった。

「おはよ、母さん」試しに小さな声で呼び掛けてみた。

反応なし……

「お、は、よ」今度は少し大きな声でゆっくり言ってみた。

すると、母の顔が僕の方に向かって僅かに動いた。目と目が合った。母は何も言わずに僕の方を見たままじっとしている。無表情だ。目が捉えた情報が視神経の途中で止まっていて未だ脳に届いていないといった感じだった。

「母さん、僕だよ」と言いながら近づいた。

母の目つきが和らぐのが分かった。

「おはよ。元気にしてましたか?」

「アー」

母の声を聞いて嬉しくなった。

「朝ごはんは食べましたか?」

「アー」

「おいしかったですか?」

「アー」

「そう、それは良かったね。朝ごはんのおかずは何だったの?」

「アア?」

質問はイエス・オア・ノーの二者択一でなければならないのだ、とため息が出た。会話の成り立つ弟のことが羨ましかった。

「なあ母さん、孝志とは短歌の話をしているみたいだけれど、僕にも何か話してくれないかな、頼むからさ」

「アア？」

母の手と足が急にバタバタし始めた。

「なあ、母さん。僕は一体どうしたらいいんだろうね」

いつもと同じセリフであることに気づいて苦笑した。

「あるいは、一体僕は何をやっているんだろうね……ずっとそんなことばかり考えているんだ。何のために生きているんだろうなんて言わないよ。だってそんなことは分かるわけがないからさ。そもそも生きている意味なんて、たぶんないからさ。

でもさ、自分が何をやっているのかくらいは分かったっていいだろう？　だけどね、母さん、それさえも僕はよく分からないんだ。自分のことさえ分からないのに、孝志の気持ちを分かることができるなんてこれっぽっちもなかったんだ」

バタバタは止まらない。

「仕事なんてもっとひどいよ。毎日毎日、年下の上司から叱られているんだよ。フロアに響き渡る声でさ。だけどそいつの声は僕の耳をただすり抜けていくだけなんだ。その声が止むのを僕はただじっと待っているだけなんだ。

不思議なんだけど、今ではそれは苦痛でもなんでもないんだ。そんなふうにしていると、僕はなんとなく自分が役者かなんかで、ただ出来の悪い社員を演じているだけのような気がしてくるんだ。目の前で怒り狂っている上司もただ能力のない部下をなじる演技をしているだけなんじゃないかって思えてくるんだ。

すると誰も彼もがおんなじように本当の中身なんかなくってさ、実際には空っぽで体と口が勝手に動いているだけなんじゃないかって思えてくるんだ。生まれてから死ぬまで僕たちはただ何かを口に入れてはお尻の穴から出して、ただ喜んだり、ただ怒ったり、ただ悲しんだり、ただ楽しんだりする演技をさせられているだけなんじゃないかって気がしてくるんだ。そこにはなんにも意味はないのさ。

なあ母さん、僕はだいぶ重症だろ？　昨日から今日にかけてまた一段とひどくなって、いよいよ再起不能って感じだよ。自分でも分かっているんだけど仕方がないんだよ。こんなふうに考えてしまうのは何もかもが上手くいかないせいなんだ。上手くいかないと、やることがなくなって、ついつい余計なことを考えてしまうんだ。余計なことばかり考えていると頭がおかしくなるんだ。

でもさ、世の中で上手くいっているやつなんてほとんど誰もいないはずなんだよ。年下のあの上司だって彼の中ではたぶん上手くいっていないんだよ。勝ち組であろうがなかろうが、金持ちであろうがなかろうが、みんなそれぞれ中身も程度も違うけど、誰でも彼でも上手くいっていないことだらけなんだよ。

だからほとんど誰もが大なり小なり、どこかしら頭がおかしいはずなんだ。むしろ真っ当なのはここにいる母さんの方なんだよ、きっと。母さんはなんにも余計なことを考えていないだろ？　なあ、そうなんだろ？」

母は僕の話に全く関心がなさそうにバタバタを続けている。ところが、その動作が急に緩慢になった。いくらもしないうちにパタッと止まってしまった。じっと天井を見たままで黙っている。と、今度は突然、顎が外れるくらいの大あくびをした。

思わず笑ってしまった。まだ朝なのに。朝も昼も夜も時間など関係ない。この人は今、自由なのだ。僕の話など弟の短歌に比べたら、とてもくだらないことなのだ。そう思ったことで何だかとても気が楽になった。

母は目を閉じ、寝息を立て始めた。僕のつまらない話を聞き続けて疲れたのだろう。あるいはもしかしたら、くだらない話をする僕を遠ざけるための狸寝入りかもしれない。

僕は毛布の中に母の両手をしまい込み、首のあたりまでかけてやった。それから、また来るよ、と言って母の傍を離れた。そうやってカーテンをくぐりぬけようとした、その時だった。

トモコサンヲダイジニシナサイ。

母の声が聞こえたような気がした。ビクッとして振り返り、ベッドの傍に戻った。けれども母は目をつむっていて寝息を立てていた。

空耳だろうか。それは母が元気だった頃、実家に寄った僕にいつからか必ず言うようになったフレーズだった。たぶん母は、あの頃僕と知子の関係がどことなくしっくりとしていないことに気づいていたのだ。

僕はため息をついて病室を出た。


バス停には誰も並んでいなかった。遅れているのか、それとももう行ってしまったのか、発車時刻になったのにどこにもバスの影も形も見当たらなかった。

不意に電話の着信音が鳴った。真弓からだった。

「元気？」と彼女は言った。いつもの張りのある声音だった。「あれからどうしたの？」

ホテルに泊ったと言うと、大袈裟なため息が聞こえた。

「トモちゃんのことは昨日話したでしょ」

うん、と僕は言った。

「トモちゃんはね……」と言って真弓は黙った。

言おうかどうしようか迷っているような息づかいが聞こえた。僕は彼女の言葉を待った。

「トモちゃんはね、もしあんたと私が今も互いに好き合っているなら、それならそれで本来あるべき姿であってほしいって、そう思っているの。そのことを私とあんたでもう一度よく考えてほしい、って私にそう言ったのよ」

僕は黙っていた。

「彼女は私たちに宿題を投げかけたのよ。だから考えなさい。考えて答えを見つけて。私もそうするから」

プツッと電話が切れた。

僕はメールの画面に切り替えた。

『しばらくの間駅前のビジネスホテルに泊ります』

知子にそうメッセージを送った。すぐに返事が来た。はい、とだけあった。

バスが現われた。

16

繁華街で降りた。ホテルに電話した。

「やっぱり今日も泊ります。なのでスーツケースをそのまま預かってくれませんか」と言った。

相手の男は、一つも聞き返したり質問したりすることもなく承諾してくれた。

「では、５０８、同じお部屋で」と彼は言った。

気の利く坂井さんがしっかりと引き継いでくれたのだろう。もしかしたらこの客はもう一泊するかもしれない、とさえ伝えてくれていたのかもしれない。

モーニングセットのボリュームのおかげで、昼食をとる必要はなかった。そのまま映画館に行き、ボヘミアン・ラプソディのチケットを買った。その日の二回目の上映が少し前に始まったばかりで、次の上映まで二時間近くあった。外に出てぶらぶらした。

クリスマスが目前の街は人々でごった返していた。どこもかしこもやたらときらきらしていた。誰もが誰かと一緒であるように見えた。僕以外の誰もが皆幸せそうだった。

僕は真弓のことや杉田君のことや知子のことを思いながら当てもなく辺りをうろうろしていた。三人の顔はしかし、浮かんでは消え、浮かんでは消えするだけで、それ以上のことは何も思い浮かばなかった。途中から頭の中が空っぽになってただぼんやりと歩いていただけだったようだ。そのせいで誰かに背中を押されたり、誰かと肩がぶつかったりした。ハッとして腕時計に目をやると上映まで十五分しかなかった。少し急ぎ足で映画館に向かった。

客席は昨日よりも混んでいた。座席に座るといくらもしないうちに映画は始まった。真弓に言われたとおり、知子の宿題に応えるのに、あるいは杉田君のことを考えるのに、できるだけふさわしい場所に自分の身を置くことができればそれでよかったのだ。そのためにここは、少なくとも街の雑踏の中よりはずっとふさわしいはずだった。

けれども同じだった。ただぼんやりと画面を眺めていただけだった。答えなんて見つかるわけがなかった。代わりに真弓の部屋の映像が浮かびあがってきた。

僕の心の眼は、最初真弓が口をパクパクさせながら何かを話しているその姿を捉えている。と、急に彼女の背後にある肖像画にピントを合わせる。すると、その絵がグッと眼前に迫ってきて振り払うことができなくなった。肖像画の中の杉田君がすぐ目の前にいるような感覚に襲われた。

僕は自覚し、自分に言い聞かせる。

僕と真弓と彼女との間でぐちゃぐちゃに絡まってしまった紐を少しずつ解かなければならない。そのためには僕が僕自身の気持ちに素直にならなければならない。知子の宿題に応えるためにもそれは必要なのだ、と。

真弓の部屋で見た絵も、遠い昔に杉田君の部屋で見たそれも同じ印象があった。どちらも優しげに見えながら冷たそうだった。あるいは、どちらも幾ばくかの希望を抱いて微笑を浮かべているようでありながら、何かに絶望してしまった後に自然と表れる虚しさの笑みであるようにも見えた。けれどもやっぱり、どちらも苦悩し続けた後の悲しみに満ちた顔であるように思った。

僕は遠い記憶を辿った。杉田君の部屋で見た絵の中の人物は、どこか曖昧で中途半端だった。どこへ行けばいいのか分からずに、どこかを彷徨っているようだった。

が、昨日真弓の部屋で見た絵の中の人物には、圧倒的な存在感があった。言いようのない確かさのようなものが含まれていた。それは僕に、君はまだそんなくだらないことで悩んでいるのかい、と嘆いているように見えた。と同時に、さあ早く、こっち側へ来いよ、と誘っているようにも見えた。

もしかしたら杉田君の部屋にいた時も、僕が気づかなかっただけだったのかもしれない。あの時の彼もあの肖像画の人物も、どちらも僕を自分たちの方へと誘っていたのかもしれない。

真弓の言っていたことを思い出した。

『そうするのが一番いいような気がする』と言って杉田君はあの肖像画を真弓に渡した。ひょっとしたらそれは、自分が死んだ後で、もう一度僕にあの絵を見させるためにそうしたのではないだろうか。真弓に渡せば、必ず僕が見ることになるだろう。そうすれば自分のことを思い出すに違いないと……

いや、そんなことじゃない。彼がどう思っていたかなんて関係ない。もっと僕自身のことを考えろ！

『私はあの時、実物の杉田君を目の前にしながら、むしろこの絵の方が本当の彼であるような気がしたの』

　真弓は昨日そう呟くと黙ってしまった。僕は絵を見つめている真弓の横顔をただ見ていた。酒に強い女が過剰なアルコール摂取でそうなるように、真弓の顔は益々能面のように蒼白くなっていた。

　真弓の部屋で僕は、自分が杉田君にひどく嫉妬しているのが分かった。彼に対する恐怖とか後ろめたさとかよりもずっとその感情の方が激しかった。高校生の時に感じたそれとは比べものにならないくらいじめじめしてドロドロして醜くて汚らしかった。

　やっぱり僕は憎んでいたのだ。真弓の心を奪った彼のことを。彼と仲良しになったのだって、そうすれば嫌でも僕のことが真弓の目に入るだろうと打算した僕が僕の中にいたのだ。そう。僕は彼に対する恐怖を憎しみにすり替えたんじゃない。恐怖よりも憎しみの方が遥かに勝っていたのだ。心の底から憎んでいたのだ。彼と初めて会ったときからずっと。校舎の裏で一緒にタバコを吸っていた時も、彼の家へ行った時も、いつだってそうだったのだ……

　そしてむしろ彼が死んでからの方が、もっと彼を憎んでいたのだ。

　何故か。

　相手が死者だからだ。死者は死者であるがゆえに普遍的で絶対的だ。普遍的で絶対的なものに敵うわけがなかった。死者に向かうべき嫉妬のはけ口が完全に塞がれ、僕の中でどんどん膨張していくイメージがあった。

だけど、そうしてやっぱり自己嫌悪し続けたのだ。この世からいなくなった者を妬んでいるそのことに。

それらの感覚にがんじがらめになっている自分からなんとしてでも逃げ出したかった。僕の中にある僕自身のじめじめしてドロドロして醜くて汚らしいものを外側へとはじき出し、少しでも遠ざけたかった。

そんなことができるわけもないのに……


気がついた時、映画はとっくに終わっていた。客は誰もいなかった。二、三人の係員が座席に忘れ物とかゴミとかがないかせわしなく点検していた。薄暗い中で一人が、さっさとここから出て行ってくれ、とでも言わんげにこっちをジロジロと見ていた。居たたまれずに立ち上がり、通路に出た。

外はすっかり暗かった。狭いシングルルームに戻るのが億劫で、当てもなく辺りをぶらぶらと彷徨った。言いようのない不安をどこかで鎮めたかった。落ち着かせてくれるものならなんだって良かった。

ふと焼き鳥屋のことを思い出した。あのくしゃくしゃの顔を見れば、ホッとできるかもしれない。そう思った。僕の足はほんの少しだけ軽さを取り戻し、小路に向かった。

看板の明かりはしかし、ついていなかった。そこはただ真っ暗で、昨日とは全く別の場所であるようだった。ひどくがっかりした。が、後戻りしようとした時に、店先に人影があるのに気づいた。ひょっとしたら開いているのかも、と近づいた。

影は入り口の前でじっと立ったままでいた。けれどもやはり店は暗く、のれんもかかっていなかった。その影が僕の方を振り向いた。どこかから漏れていた光の中に男の顔が薄っすらと浮かび上がった。キャップを被っていた。ニューヨークヤンキースのロゴがあった。

「店、やってないみたいだね」暗がりの中で僕は彼に声をかけた。

「ええ」と彼は言った。

「どうかしたの?」

「はい、ちょっと謝りに来たんです。昨日迷惑かけちゃったんで」

彼はそう言うと、また店の戸口の方に体を向けた。何か声をかけてあげようと思ったが、何も思いつかなかった。目の前の青年に響くような言葉が自分の口から出るようにも思えなかった。でも何かを、と思った。

僕こそが、何をやってもダメなんだ。君はまだ若いじゃないか。いくらでもやり直せるんだよ。だから勇気を持って自分に正直に生きればいい。

薄っぺらな言葉だと思った。そもそも声をかける資格が僕にはないような気がした。それでもそう言おうかどうしようかと悩んでいるうちに、彼は静かに去って行った。

僕の自己嫌悪は一層ひどくなった。とぼとぼと人混みの方へと引き返した。どこか行く当てもなく、駅前のコンビニに寄り、夕食と翌朝の朝食を買った。


ホテルに戻ると坂井さんが受付にいた。坂井さんは僕を歓迎し、僕は彼に喫茶店を教えてもらった礼を言った。

「参考までに、ですが、一週間以上まとめて宿泊いただけますと、一日当たり二割お安くなりますが……」

彼は、僕が何も言わないのにそう言った。僕の戸惑いを見透かしたように付け加えた。

「それでよろしければ、昨日の分を含めて再精算いたしますが、いかがいたしましょう」

次の日曜の朝までそうしてほしい、と答えた。


それからの三日間は何事もなく過ぎた。洗濯はホテルの地下のコインランドリーで済ませた。ワイシャツは備え付けのランドリーバッグに入れ、フロントでクリーニングを頼んだ。月火水とホテルから会社に行き、会社から帰る途中にコンビニに寄ってホテルに帰った。

その三日間の最初の月曜の朝に、Ａ４横一枚の資料（青の折れ線と黒と赤の棒のグラフだ）を課長に渡した。が、何の反応もなかった。週末に僕に指示したことなどすっかり忘れているみたいだった。定例会議で使われることもなかった。

珍しくその三日間、課長から何かダメ出しされるようなこともなかった。よくよく考えたら、彼に指示されるような仕事をしていなかったのだし、そもそも相手にされていないのだと気づいた。

水曜の夕方に真弓を見かけた。終業のチャイムが鳴ってエレベーターに乗り、一階で扉が開くと、エントランスからこっちに向かってカツカツと靴音を響かせながら歩いてくる彼女がいた。シルバーのスーツケースを手にしていた。どこかの出張から帰ってきたところのようだった。ただ目が合っただけだった。いつもの真弓だった。キリッとしていた。

(あんたと違って、こっちは忙しいの。これから遅くまで仕事なの。だから悪いけどあんたには付き合ってらんないのよ。トモちゃんの宿題なら、私はもう解決したから。後はあんただけ。これはそもそもあんたの問題なのよ)

真弓の目はそんなふうに語っていた。

僕はその三日間、病院には行かなかった。立川さんに会うかもしれないと思うと、気が引けたのだ。

17

木曜に予期しない出来事があった。

午後になってから、課長補佐と総務係長が慌ただしく誰かと電話したり、フロアから出て行っては戻ってきたりを繰り返していた。課長のことでそうしているようだった。課長は朝からいなかった。その理由は夕方になって噂があっという間に広がり、明らかになった。

課長が夜明け近くに酒気帯び運転で事故を起こしたというのだ。高齢の男性をはね、現行犯逮捕された。被害者は意識不明の重体らしい、課長の懲戒解雇は確実だ、と誰かがヒソヒソと話しているのが聞こえた。

「どうしてそんな時間に酒気帯びで運転しなければならなかったんだろうね。一体どこからどこへ向かっていたんだろうね」と誰かが誰かに聞いていた。

「さあね」聞かれた誰かが分かるわけもなかった。

「愛人?」と別の誰かが呟いた。

「朝帰りか」とまた別の誰かが合いの手を入れるように言った。

それらの声の主の誰でもない社員のうちの何人かはコソコソ話に耳を傾けてはそわそわしていた。ほかの何人かはパソコンの画面やら手元の資料やらを凝視して、仕事に集中していた。が、よく見ると、平静を装っているだけで、本当は仕事が上の空であるようだった。

僕はどれでもなかった。やるべき仕事は特になかった。周りの会話を耳にしていたのも最初だけですぐに遮断してしまった。

課長のことを、可哀想にと思い、心の中でそう呟いてみた。ピンと来なかった。いい気味だ。次にそう思い、同じように呟いてみた。この方がしっくりくるだろうと思ったが、そうでもなかった。そのことで首を傾げた時にチャイムが鳴った。デスクの上を片付け、そっとフロアを後にした。

病院に寄った。立川さんのことなど気にしていられないのだと思ったのだ。あるいは立川さんが言っていたことを素直に受け止めるだけだ、と自分に言い聞かせた。

カーテンをくぐり抜けると、母がバタバタとしていた。その姿は僕をホッとさせた。相変わらず両腕を上げたり下げたりしていた。両膝を交互に立てたり伸ばしたりしていた。いつものように毛布はぐちゃぐちゃになってつま先の方に押しやられていた。

「なあ、母さん。人生って分からないもんだね」僕は丸椅子に座って言った。

「アー」母は天井を見上げたまま声を出した。

「あんなに出世コースを歩んでいた人間がさ、理由はどうあれ、考えられない過ちを犯してしまうなんてさ」

「アー」

「魔が差したんだろうね、きっと」

「アー」

「タクシー拾えなかったのかな？　代行だってあっただろうにね」

「アー」

「出世しなくたって、真面目に毎日コツコツやっていればいいんだよね。僕の方がよっぽどましなのにね」

「アー」

「僕の方がずっと課長にふさわしいだろ」と言ってみた。

「アア？」

「僕は嫌な人間だね」と言い直した。

「アー」

「僕はとうの昔に出世から見放されて、ひねくれてしまったんだろうね。やっぱり僕は他人の不幸を喜んでいるんだよ。課長の不幸をシメシメと思っているんだ。小さな人間だよね」

「アー」

「なあ、母さん、頼むから僕を叱ってくれないかな。お前はダメな人間だとなじってくれないかな。ほら、僕が高校に進学する時に、猛反対したあの時みたいにさ。あれは母さんの言うとおりだったんだよ。母さんの方が正しかったんだ。母さんは僕のことをちゃんと見抜いていたんだよ。あっちの進学校の方に行ったら、僕はもっと落ちこぼれていたに違いないんだ。そしてもっとグレていたんだよ。そうなったら母さんのせいにすることもできずに、もっと惨めになってもっとひどいことになっていたはずなんだよ」

「アー」

「なあ、僕は一体どうすればいいのかな。頼むからさ、教えてくれよ。会社にも家にも、僕がいられる場所なんてどこにもないんだ。なあ、母さん、今度はちゃんと素直に言うことを聞くからさ」

「アー」

僕はため息をつき、苦笑した。

「母さんはすごいね。自分のことをちゃんとやりながら、僕の話にも相づちを打ってくれるんだからね。大したもんだよ、全く。それに羨ましいよ。だって母さんはここでこうしてバタバタと自分でやるべきことがあるんだし、そのおかげで余計なことを考えないでいいんだろ？　食事のことを除けば、なんの欲望もないんだろうね。フフ、お釈迦様みたいだね。母さんにとって僕の話なんか、きっと屁みたいなもんなんだろうね」

「アー」

アーの声が少し弱くなった。手と足の動きが緩慢だ。だらんとし始めている。疲れてきたのだ。この人はもうじき眠る。そう思った時、果たしてパタッと動きが止まり、母は目をつむってしまった。寝息が聞こえた。ぐちゃぐちゃの毛布を手に取り、静止した母の体に掛け直してやった。

丸椅子をチェストの脇に押しやり、病室を出ようとした時にテレビ台の脇に一冊の本があるのが目に入った。何気にそれを手にした。表紙には『合同歌集』とタイトルがあった。何人かの作者の合作で編集された歌集であるようだった。

スピンを引いて開くと、母の名があった。八頁に渡り、母の詠んだ短歌が大きな文字で記されていた。数えると全部で二十六首あった。ああ、これか、と弟が話していたことを思い出した。

選者が一首について選評していた。佳品であると締めくくっていた。僕はその短歌を二、三度黙読した。そうして声に出して読んでみた。


庭隅に卯の花こぼれ清々し草引くわが手しばし休ます

その歌が浮かび上がらせる情景と僕の記憶が合わさり、元気だった頃の母の様子が浮かんだ。

母はきっとお気に入りの麦わら帽子を被って白いタオルを首にかけ、黙々と雑草を取っていたことだろう。ずっとしゃがみ込んで、腰も難儀であったかもしれない。その時にふとすぐ傍の卯の花が目に入った。無数の白い花がこれでもかと噴き出るように咲き、先端は垂れ下がっているほどだ。その生き生きとした姿にパッと爽やかな気分になり、しばらく見とれていたのだ。

それらの情景において経過した時間は、短くはあるけれど、母の心の移ろいのようなものを確かに感じる。そう思ってもう一度声に出して読もうとした、その時だった。

「モウイッカイ」

ビクッとして振り向いた。母の目が開いていて僕の方を見ていた。なお驚いたことに、母は正気の顔をしていた。母はもう一回読めと催促をしているのだ。

僕は丸椅子に座り直して、もう一度読んでやった。モウイッカイ、とまた言った。興奮しながらまた読んでやった。それをさらに二度繰り返した。すると、母は目をつぶった。寝たのではない。何かを考えているようだった。

僕は母の様子をじっと見ていた。口がもごもご動いていた。右手の甲を額に乗せた。自分が詠んだ短歌であることも忘れ、それを構成する五つの句を頭の中で何度も反芻し、吟味していたようだった。やがてゆっくりとまぶたが開いた。その目が僕を見た。

「マアマアダネ」と母が言った。

僕はとても驚いた。母はしっかりとした顔をしていた。ほんの一言ではあったが、そこには母が健常であった頃と同じように、正常な響きを伴った声音と理性の備わった表情というものがあった。僕は言葉の続きを待った。

母はしかし、すぐにまた目を閉じて今度こそ眠ってしまったようだった。僕が話しかけても、ほかの短歌を読んでやっても目を開けてはくれなかった。母は満足したような顔をしてすやすやと寝息を立てて眠っていた。僅かだが口元に笑みを浮かべているようにさえ見えた。

病室を出る時、僕は自分がとても穏やかで優しい気持ちなっているような気がしてならなかった。立川さんに会わなかったことを残念にさえ思ったくらいだった。

18

翌朝、ロビーでキョロキョロしていると坂井さんが寄ってきた。

「朝刊、お読みになりますか？」

　彼はそう言って僕に朝刊を差し出した。客が何を考えているのかくらい、この人には手に取るように分かるらしい。礼を言い、ソファで紙面を繰った。

　課長の記事が小さく載っていた。被害者は重傷を負ったとあった。命を落とす危険性はなくなったのだろう。そう思ったことでホッとしたのか、被害者に対しては不謹慎と分かっていても、その分課長の罪が軽くなるかもしれないとがっかりしたのか、よく分からなかった。

　出社すると、もちろん課長の姿はなかった。が、まだピンと来なかった。一日中、彼のデスクはひっそりとしていた。代わりにいつも静かだった課長補佐の声がよく聞こえた。張り切っているようだった。

　前日と同じく慌ただしい様子の総務係長を除けば、誰も課長のことを話していなかった。外見的にはもう無関心であるようにさえ見えた。あるいは努めてそうしようとしているのかもしれなかった。平常どおり午前が終わり、平常どおり午後が過ぎた。

　会社からの帰りに駅前の電気店に行った。病院には行かなかった。電池を買いたかったのだ。おぼろげな記憶を頼りに単一の電池を二個買った。それからコンビニに寄り、夕食用の弁当だけ買って帰った。

　ホテルに泊って丸一週間が経つのだ、と自分でも呆れた。同じ金曜の夜なのに、家よりもこっちの方が安らぐような気がして苦笑した。

穏やかに日付が変わり、穏やかに眠りについた。夜中に一度も覚醒しなかったのはとても久しぶりだった。目覚めも穏やかだった。

朝、あの喫茶店に行った。土曜のせいなのか、この前よりも二時間近く遅かったせいなのか、混んでいた。

前と同じウエイトレスが僕を空いていたカウンター席に案内してくれた。恐る恐る見回したが、立川さんの姿を見出すことはなかった。そのおかげでモーニングセットをちゃんと味わうことができた。

喫茶店を出て、すぐ隣に和菓子屋があるのに気づいた。父の好きな粒あんの饅頭を五個買った。それから電車に乗り、七つ先の駅で降りた。久しぶりに実家に帰った。

父は庭にいた。寒空の下で草を取っていた。そんな姿を初めて見て僕は少し驚いた。草取りはもっぱら花が大好きだった母の仕事だった。よく見れば、日も照っていないのに、季節外れの麦わら帽子を被っていた。見覚えのある母の帽子だった。右手に鎌を持ち、首に白いタオルを巻いていた。まるで母に成り代わって草取りをしているみたいだった。そうやって母の気持ちを感じようとしていたのかもしれない。

昔の父とは違うのだ、と今さらのように思った。今この目の前にいる父なら、あの時、電気カミソリの箱を手にし、母にありがとうと言っただろうに。

「おお、来たのか」

父は僕に気づいて重そうな腰を上げた。そうして笑いかけたかのように見えた。が、それは一瞬のことで、瞬きをして閉じた瞼を開いた時には、ただ深い皺が刻まれた顔がそこにあるだけだった。

「こんなに寒いのに草取り？」誰が見ても分かるその様子を、半ば義務的に尋ねた。「腰大丈夫なの？」

「ああ」と父は言った。「これだけやっておきたいんだ。春になると、この場所に福寿草が咲くんだよ。母さんが毎年今頃手入れしていたのを思い出してさ。そろそろやめるよ」

「ちょっと荷物をとりに来たんだ。上がるよ」

「ああ」

父はそう言うとまたしゃがみ草取りを続けた。

視線を感じて立ち止まり、上を見上げた。窓のレースのカーテンに人影があった。弟が二階の自分の部屋から僕を見下ろしていた。僕が右手を上げると弟の影もそうした。

家の中はがらんとしていた。僕が家を継ぐと思っていたであろう父は、僕が京都の大学に行っている間に増築をした。今、父と弟の二人しかいない空間としては、この家はあまりに広すぎた。

この前来たのはいつだったっけ？　ああ、そっか、母が虫の息であったあの時だ。あの日、母はここを離れ、この家からまた一人いなくなったのだ。そうしてここは一層がらんとしてしまったのだ。

その前の週に母がミニトマトを持って行きなさいと言った時のことも思い出した。うだるような暑さであったあの日、縁側で弱々しく立っていた母の姿のことをだ。

僕はあの時母が立っていた縁側に行き、同じ場所に立った。あの時母はこの場所から僕がトマトをもいでいるのを見ていたのだ。今そこは、ただ土がこんもりとしているだけだ。その少し向こう側に背中を丸めた父の姿がある。

居間のテーブルに饅頭が入った紙袋を置いた。それから弟に聞こえるようにわざと足音を立てながら階段を上がった。弟の部屋を通り過ぎ、その奥の部屋に入った。高校を卒業するまで僕が使っていた部屋だ。そっとドアを開けた。

そのままだった。六畳に机と椅子とベッドと本棚だけがある普通の部屋だ。あの頃窓の外には田んぼや畑が広がっていた。今は住宅が建ち並び、その向こう側には大型スーパーの四角い屋根が見える。

恐る恐る押し入れの扉を開いた。ふんわりと昔の古い匂いがした。母が元気だった頃に片付けてくれたのかもしれない、そこにあったはずの布団も服もなかった。が、物入れ用のケースはあった。それは右端にそのままあった。引き出しが五段ある。

僕はまだためらっていた。わざとらしくフウと息を吐いてから、上から順番に開けていった。微かな記憶は当たっていた。カセットテープは三段目の奥にあった。インデックスカードに杉田君の手書きの文字があった。

こんな字だったっけ？

杉田君の字はもっと細くて繊細であったような気がしていた。覚えていた文字とは違った。それは、万年筆で書かれたようなブルーブラックの太くて少し滲んだ文字だった。

ヘッドフォンは一番下の一番大きな引き出しの中に入っていた。赤いラジカセもまた、ケースの陰に隠れ、ひっそりとそこにあった。それらが揃っていなかったら、さっさと帰るつもりだった。心のどこかで揃わないことを望んでいたような気もする。

僕はベッドの上にそれらを並べた。ラジカセの裏蓋を開けて電池を取り出した。記憶どおり単一が二個だった。バネは少しだけさび付いていた。擦るとざらざらとして、茶色の粉が指の腹に少し付いた。液漏れはなかった。

新品の電池に入れ替えると、突然男の声が大音量で響き、ビクッとした。慌ててボリュームのつまみを左に回した。ラジオのスイッチがオンになったままだった。AMだった。地元の放送局のアナウンサーがわざとらしく方言で話していた。電話の相手は女性でしわがれた声だった。互いに大声で笑ってばかりいた。一体に何がそんなにおもしろいのかさっぱり分からなかった。スイッチをオフにした。

イジェクトボタンを押した。カチャッと蓋が前に開いた。その中にそっとカセットテープを入れた。カチャッと蓋を閉めた。イヤフォンジャックを差し込み、ヘッドフォンを被って耳に当てた。

僕はしかし、再生ボタンを押すかどうかまだ迷っていた。そうして、僕は今迷っている、と心の中で呟いた。そんなふうに迷っているというそのことがただの演技であるような気がした。演技であるような気がするとそう感じている僕がここにいる、と同じように呟いた。それらの思考を振り払うように人差し指をボタンの上に乗せた。そしてフッと息を吐き、押した。ボタンが上へと戻ることのないその境界を越えて押し切った。けれどもその押し切るまでのコンマ何秒かの間に、葛藤する複数の自分がいることを僕は認めた。

このボタンを押したのは一体どの僕がやったことなのだろう。どの僕が本当の僕なのだろう。そもそも本当の僕などいるのだろうか。そんなふうに思いながら、まるで杉田君ごっこをしているような気がした。

透明の窓の中でテープの軸が回転していた。やがてフレディー・マーキュリーの声とともにアカペラの合唱が響き、ピアノの音が流れた。二十年も経過しているのに、テープは僕の覚えているままの音声でサムバディ・トゥ・ラヴを再生し始めた。

ベッドの上で膝を抱え、目を閉じた。曲を聞きながら自分の奥底から僕自身の醜いドロドロとしたものが湧き上がってくることを覚悟した。それに備え、それを即座に自分の外側へと排除するイメージをもしっかり持たなければと思った。僕には今、そのプロセスが必要なのだ。そう自分に強く言い聞かせながら静かに呼吸をし、テープを聴き続けた。

けれども僕の中に潜んでいるはずのドロドロは一向に姿を現わさなかった。だから僕の方から呼びに行こうと、僕は僕の中の奥底へとつながる螺旋階段を一段一段下りていく自分をイメージした。そして最後の一段を下りきると、そこにいる本当の僕かもしれない僕に向かって喧嘩を売るように責め立てた。


杉田君は誰にも迷惑をかけずにさっさとこの世からいなくなってしまった。自らの手でいなくなってしまったことはルール違反だけれど、少なくとも彼は同じ場所に踏みとどまることを選ばなかった。

それなのにお前はどうだろう。ずっと立ち止まったままだ。お前は、本当は杉田君が生きている時から彼のことを憎み、彼の死後、真弓が再び僕の方を振り向いてくれることを望んだのだ。

けれどもそんな日は訪れそうにないのが分かった。ところが知子が現われて、お前は知子と親しげに話しているのをわざと真弓に見せつけた。すると、僅かだけれど真弓が知子に嫉妬しているのをお前は見逃さなかった。

お前は真弓のそんな表情や仕草をもっと感じたかった。だからお前は知子と付き合った。知子を利用したのだ。

案の定、真弓はお前に期待通りの反応を示してくれた。すると、お前はもっともっと真弓を強く求めるようになった。そのために知子と結婚したのだ。気がついたら後戻りできなかったのだ。

そうだろ?

「分からない」と僕の口が呟いた。

何も湧き上がってきそうになかった。僕の中に奥底などないのだ。薄っぺらな人間に杉田君のような深い心などないのだ。深い心がなければ、深い思考などありえない。僕はただ杉田君を真似て、深い心を持ってでもいるかのように気取っているだけなのだ。薄っぺらな人間にあるのは薄っぺらな偽善だけなのだ。

停止ボタンを押した。カセットテープを取り出し、ポケットに入れた。ラジカセとヘッドフォンは元あった場所にしまった。部屋を出て、わざとバタンと大きな音を立ててドアを閉めた。

すまないな、無責任な兄貴が近くにいるのは気分が悪いだろ? だからほら、このとおりもう帰るよ。そう心の中で呟きながら弟の部屋の前を通り過ぎ、わざと足音を響かせて階段を下りた。

父はまだ草取りをしていた。傍に行き、帰るよ、と言った。ああ、と父は手を休めずに返事をした。振り向きもしなかった。

父のすぐ脇に月照があった。幾重にも重なった葉の中に、まだ小さくはあるけれど、つぼみが一つあるのが見えた。咲くのは早くても二月の終わり頃だろう。

振り向いて上を見上げるると、レースのカーテンに弟の影は見えなかった。

僕たちは確かにバラバラだ。

無性に母に会いたかった。

19

それにしても母の姿はひどかった。僕は唖然とした。

ベッドの上で頭と足の向きがあべこべだった。枕の上に足があった。患者衣ははだけ、両足が活発に動いている。突然ひょいと右足を上げて膝の裏をベッドの手すりに引っ掛けた。同様に左足もそうした。

上半身はベッドの上にある。が、腰の辺りでねじれ、両足の膝から下が手すりの外側にだらんとぶら下がっているという奇妙な有様だった。と、その膝から下をぶらんぶらんと上下に振り始めた。楽しそうに見えたがそうではないようだった。

変な音がした。ヒュウヒュウとそれは母の顔の辺りから聞こえた。と、いきなりゴホゴホと咳き込み始めた。動きが止まった。痰がからんでいるようだった。

枕元の壁に備え付けられたホルダーには、一昨日には見なかった痰の吸引器があった。その透明な容器の底にはドロリとした灰色の液体が五センチほど溜まっていた。ウッ、と思わずうめき声を漏らし、目を背けてしまった。

「こんにちは」咳が治まったのを見て声をかけた。

母は一瞬僕の方を見たが、視線をすぐに天井に戻した。そして再び両足をブランブランとした。

丸椅子に座り、しばらくの間母を観察していた。母はヒュウヒュウと喉から音を鳴らしては咳き込み、痰を飲み込んでいるようだった。それが済むと、またブランブランとした。それらをずっと繰り返していた。ひどく苦しそうだった。

不意にカーテンがシャーと開いた。

「あっ、ビックリした。いらしてたんですね」

立川さんが驚いた顔をして立っていた。

「あらまあ、ひっくりかえっちゃって」立川さんはそう言いながらいつもの優しい笑顔で母に近づいた。「良かったねえ、よし子さん。息子さんいらして」

喫茶店に僕がいたことは知らないようだった。

「いつもありがとうございます」と僕は言った。

どういたしまして、と言いながら立川さんは母の頰を右手で撫でた。

喫茶店にこの人はいなかったのだ。あるいは、僕は人違いをしたのだ。頭の中で自分にそう言い聞かせた。

「よし子さーん、ちょっと動かすわね」

そう言って立川さんは、母の両足を手すりから持ち上げてベッドの上にそっと置いた。それから母を抱きかかえるようにして体の向きを百八十度回転させた。頭がちゃんと枕の上に乗った。

「昨日の午後あたりから、なんだか調子が悪いみたい。夜になったらちょっとひどくなって。今日はもっとひどいみたいですね。熱はないんですけどね。先生と看護師さんには伝えてありますから心配しないでくださいね」と立川さんは少し気の毒そうな顔をして僕に言った。

「すみません。ありがとうございます」

母が一段と激しく咳き込んだ。痰が母の喉元に引っかかってどんどん厚みを増しているのだろう。ヒュウヒュウに濁音が混ざり、ゼエゼエに変わりつつある。やっと息をしているようだ。こんな時、ナースコールのボタンを押すことができればいいのに、とちらと思った。

が、母にそんなことができるわけもなかった。第一それは今、壁のフックにコードをぐるぐる巻きにして縛り付けてあった。何故なら、以前母がいたずらをしたからだ。頻繁にボタンを押し、看護師たちを困らせたのだった。ひどい時にはコードを持ってブンブン振り回し、子機が壁にぶつかって破損寸前だったらしい。

「やっぱりちょっとひどいみたいですね。ごめんなさい。私には資格がなくって……」と言いながら立川さんは吸引器を指さした。「研修を受ければできるみたいなんですけど、忙しくってなかなか……」

痰の吸引は医療行為だ。医師か看護師でなければできないのが原則なのだろう。実の息子の僕はもっと何もしてやれない。ただ気が向いた時にちょっと顔を見に来ているだけだ。少なくとも僕には、心の中でさえ立川さんのことを責めたり悪く思ったりする資格など微塵もないのだ。

会話が途切れてしまった。その沈黙に耐えきれずに、ふと思いついたそのままをでまかせに口にした。

「そういえば隣の人は元気になられたんですか。いつも通るたびに息苦しそうな声が聞こえましたが……」

最近、隣の病室の前を通ってもその声が聞こえなくなったことを思い出したのだ。

「ああ」立川さんは声を潜めて言った。「この前お亡くなりになられました」

また会話が途切れた。もう何も思いつかなかった。

「ごめんなさい。私、ちょっと次のところへ行かなきゃならなくて」と立川さんはすまなそうな顔した。「看護師さんを呼んできますね」

「すみません」

「よし子さーん、ちょっと待っててね。すぐ楽になるからねー」

立川さんはそう言って慌ただしげに廊下へと出て行った。

看護師はしかし、なかなかやってこなかった。その間、母の様子をただ見守るしかなかった。そのうちになんだか僕も息苦しくなってきた。

母の体が動き始めた。長さ二メートル、幅一メートルの狭い空間で少しずつ頭と足の向きが反対になり始めていた。息苦しさを紛らわすためにその動作が行われているのだ、と気づいた。ゼエゼエとあえぎながらとうとう向きは逆さになった。さっきと同じように両足を手すりに引っ掛けてブランブランとし始めた。

いたたまれずに立ち上がった時に、若い看護師がやってきた。

「あらまあ」と彼女も母を見るなり、立川さんと同じように声を漏らした。が、無表情だった。

看護師は、よっこらしょ、と言って母の体の向きを元どおりに変えてやると、素早く吸引器を手にした。慣れた手つきだ。左手で母の顔を押さえながら口を開かせ、手際よく右手で吸引器のノズルを突っ込んだ。ゴーググと濁音とともに母の痰が透明な管をニュルッと通過し、容器の中に沈殿していく。僕はまたもや目を背け、俯いてしまった。やがて吸引器の作動音が止まった。

顔を上げると、母の息づかいはヒュウヒュウに変わっていた。さっきよりは穏やかな顔になっているような気がした。

「ありがとうございます」と僕は言った。

「ちょっとひどいわねえ。朝晩冷えてきましたからねえ」と看護師は吸引器を片付けながら言った。「少しマメに見に来ますね」と言い残して出て行った。

母は天井を見てじっとしていた。ヒュウヒュウと規則正しく呼吸している。僕はその音を聞いているのに耐えられなくなってしまい、立ち上がった。

「母さんまた来るよ」

母は瞳をちらと僕に向けたが、すぐに天井の方に戻した。僕は手を振ってカーテンをくぐり抜けた。その時だった。

トモコサンヲダイジニシナサイ。

まただ。空耳なんかじゃなかった。後戻りした。けれども母は目をつむっていた。しらばっくれるようにそうしていた。母に声をかけようとしてやめた。

人に頼らずに自分で知子さんからの宿題に答えなさい。母がそう言っているように思ったのだ。

「分かったよ」

僕は目を閉じたままの母に向かってそう呟き、病室を後にした。

20

空はいつの間にか晴れていた。雲一つなく、陽の光が暖かかった。やはり暖冬らしい。二時になろうとしていた。バス停の時刻表を見ると、駅行きのバスはついさっき出発したばかりのようだった。次のは四十分後だった。

歩くことにした。ホテルまでたかだか六、七キロだ。ゆっくり歩いても二時間はかからないだろう。

繁華街へと続く川の左岸に辿り着き、そのまま下流に向かって遊歩道を歩き続けた。土曜の午後の川沿いには思いのほか大勢の人々がいた。彼ら（彼女ら）は、散歩をしたりジョギングをしたりサイクリングをしたりしていた。そうして各々のスピードで僕とすれ違ったり僕を追い越したりした。

遊歩道から川辺まではなだらかな傾斜で芝生が広がっている。それが河口付近までずっと続いている。何組かの家族が寝そべったり、ボール遊びをしたりしていた。遊覧船が川下から上ってきて、後部のデッキにいた子供たちがこっちに向かって手を振っていた。

僕以外の誰も彼もが穏やかで幸せに満ちているように見えた。ぼんやりとそれらの風景を眺めていると、僕は一体何を悩んでいるのだろうと思った。ただ悩んでいるフリをしているだけのような気がした。

反対の右岸の遠く向こうにリバーサイドエリアの商業施設が見えてきた。その景色はしかし、目の前に大きな橋が現われて遮られてしまった。繁華街を通って駅前へ行くのに、もう一つ先の橋を渡ろうと思っていた。が、幸せそうな光景をできるだけ遠ざけようとしたのだと思う。なんとなく人通りが少なそうなこの橋に足が向いた。

橋脚の下をくぐり抜け、遊歩道とつながった階段を上り、橋の歩道に出た。左の下流には六連のアーチ橋とその先の港の白いタワーが小さく見える。そよ風を吸い込むと、僅かだが潮の香がしたような気がした。さっきまで歩いていた左岸の遊歩道では絶えることなく人々や自転車が行き来している。

思ったとおり橋の上には誰も歩いていなかった。反対側の歩道もそうだった。突然一台のロードバイクが背後から現われた。それは車道の端の青い自転車専用レーンを駆け抜け、みるみるうちに向こうへと遠ざかっていく。大きな黒いバッグを背負っている。緑の文字のロゴが見えた。どこかの店の何かの料理の配達のようだった。

視線を下流の景色に戻し、ゆっくりと歩いた。しばらくして前を向いた時、大小四人の人影が見えた。少しずつこっちへ近づいてくる。僕の視線の先は、彼らと下流とを交互に行き来した。が、橋の真ん中辺りにさしかかった時には専ら正面の四人家族に合わさっていた。

若い夫婦と小さな女の子と男の子だった。女の子は夫婦の真ん中にいて、その右手は母親の左手と、その左手は父親の右手とつながっている。三人が楽しげにこちらに向かって歩いてくる。その三人の間から、後ろにやや離れて歩いてくる男の子の姿が見え隠れしている。

幸せそうだ。心の中でそう呟き、ため息を漏らした。

やがて僕は周りの景色でも見ているようなフリをして歩道の脇で立ち止まった。そうして目の前を通り過ぎる三人にちらと目をやった。女の子がキャッキャッと言いながら両親の手にぶら下がるようにして飛び跳ねている。僕はそれを羨ましく見送る。そして再び歩き出す。次にやってくるのは対照的にしょんぼりとした男の子だ。自分だけのけ者にされ、ふてくされているようだ。ちょっと可哀想だ。

微笑ましさと同情が入り交じりながら振り返り、父親と母親の後ろ姿を見る。彼らはしかし、まるで男の子のことを忘れてしまったかのように、どんどん先へ歩いて行くばかりだ。僕の中で同情心の方が膨らみ、男の子をもう一度見やった。と、その時だった。

あれっ、と思った。頭の中で全く別のことを考えている自分がいるのに気づいた。その思考は恐ろし過ぎて、まるで僕の中に別の誰かが入り込んできたと錯覚したほどだった。

僕の手が目の前の男の子を摑んで持ち上げる映像が浮かんでいた。それは、そのまま橋の手すりの向こう側へと放り投げようとしている姿に変わった。

僕は驚愕した。今まさにそうしようとしている自分がいることにだ。

一体これはなんだ！

パニックになりそうだった。顔を上げ、前方に目をやった。ほかに誰もいない。後ろを見た。相変わらず三人の後ろ姿が見えるだけで、その向こうに人影はない。それどころか、反対側の歩道にも人影が見えなければ、車道にも車がなかった。下流に目を逸らすと、遊歩道で散歩やジョギングに専念している人々の点が小さく見えるだけだ。

今なら誰も見ていない。

頭の中でそう呟いた僕が確かにそこにいた。そうして僕の腕が目の前を通り過ぎる男の子に向かってヒュッと伸びようとした。その寸前に男の子の名を呼ぶ母親の声が聞こえた。振り返ると、三人とも立ち止まってこっちを向いていた。途端に男の子が、ママァーと叫び、勢いよく走り出した。

向こうで父親が女の子から手を離し、男の子を抱きかかえた。僕はその光景をずっと目で追っていた。四人が仲良く向こうへ消え去るまでそこでそうしていた。

呼吸が乱れていた。心臓が脈打っていた。冷や汗が背中を伝って下へ流れ落ちていくのが分かった。

杉田君、と思った。

たった今起きたことが、僕自身の内側から生じたことによるものなのか、あるいは僕が無意識のうちに杉田君の話をなぞり、彼を演じたことによるものなのか、それとも杉田君の霊魂のようなものが僕にそうさせたことによるものなのか……　それらの思考が頭の中を一挙に埋め尽くし、混乱した。

その混乱はしかし、突然別の記憶が蘇ったことでもっとひどくなった。

ああ、そうだ、この橋だ。あの時は反対の向こう側からこっち側へ歩いていたんだ。間違いない、この橋だ。


あれは、仁志と恭子がまだ幼かった頃のことだ。秋晴れの穏やかな日だったと思う。僕たちはデパートに出かけ、子供たちにおもちゃを買ってあげた。その屋上で甘いデザートか何かを食べた後、その頃住んでいたアパートに歩いて帰ることにした。その途中だった。

その時に仁志が駄々をこねたのだ。おもちゃ売り場で彼は二つねだった。一つはトーマスのプラレールだった。もう一つはアンパンマンのキッズタブレット（あいうえおを覚えるやつだ）だった。が、僕は、どっちか選びなさいと言った時に彼の指さしたトーマスの方しか買い与えなかった。

彼の駄々は一度は収まったのだが、帰り道にこの橋の上で再び蘇ったのだ。僕がいけなかったのだ。仁志と一緒に毎週そのアニメを見ているうちに癖がついていたのだ。あろうことか、アンパンマンの主題歌のメロディ（アンパンマンは君さ、のまさにあのサビの部分だ）をつい口笛で吹いてしまった。そのせいで寝た子を起こしてしまった。

仁志はその時プラレールの入った大きな紙袋を彼の小さな肩に担いでいた。パパが持ってやろうかと差し伸べた手を、へっちゃらだもんと振り払い、意気揚々と歩いていた。が、僕の口笛を耳にした途端、パタッと足を止めてその場にしゃがみ込み、すね始めた。紙袋を手にした彼をそのまま抱き上げ、一生懸命なだめたのは逆効果だった。アァーンパァーンマァーン、アァーンパァーンマァーンと奇声を上げながらのけぞり、手に負えなくなった。

僕はとうとう匙を投げ、仁志を下ろして放置した。代わりによちよち歩きの恭子を抱き上げると、知子に目配せし、歩き始めた。ギャアギャア泣きわめく仁志に知らん顔をし、僕と知子と恭子はどんどん先へ行った。

わめき続けるのにさすがに疲れたのだろう。そのうちに仁志の声が聞こえなくなった。彼は俯き、紙袋をほとんど引きずりながらとぼとぼと重い足取りで後ろをついてきた。僕も知子も時々振り返り、その様子を見てはため息をついた。

そうしてこの橋の真ん中のこの場所にやって来た時だった。向こうから一人の女が歩いてきた。僕も知子も驚いた。女は真弓だった。僕たちは互いに遠慮し合ったのだと思う。一言二言交わしただけですれ違った。

再び歩き始め、しばらくした時だ。知子が急に立ち止まり、後ろを振り返ったのだ。僕は真弓と出会ったことに動揺していて、仁志のことをすっかり忘れていた。振り向くと、十メートルほど向こうで真弓と仁志が同じ場所に立っていた。

僕は驚いた。真弓が別人に見えたからだ。彼女の顔が蒼白であるのが分かった。金縛りにでもあったようにその場所から動くことができないでいるかのように見えた。僕は思わずつばを飲み込んだ。とその時、知子が仁志の名を叫んだのだ（呼んだのではない。叫んだのだ）。その途端に仁志がこっちに向かって走ってきた。

知子が仁志をサッと抱き上げた。彼女が勢いよくそうしたせいで、仁志が手にしていた紙袋がドサッと下に落ちたほどだった。僕は脇で恭子を抱いたままその様子を見、妙にホッとしたのだ。それからハッとして向こうに目をやると、足早に去っていく真弓の後ろ姿があったのだった……

あの時の映像が今、まざまざと頭に浮かんでいた。

まさか……

「どうかされました？」

不意に声がして我に返った。僕は欄干にもたれかかり、真下の川を見つめていた。茶色く濁っていた。振り返ると、警官が白い自転車から降りたところだった。

「ああ、いえ、ちょっと風が気持ちよかったものですから」咄嗟にごまかした。

「大丈夫ですか？」と警官は心配そうに言った。

僕は自分の顔が真っ青であることを想像した。

「ええ、大丈夫ですよ」

平静を装って歩き出した。ちゃんと足が動いたことにホッとした。けれどもなんだかフラフラしていた。後ろで警官が自転車にまたがる気配がした。気になったが振り返らなかった。彼が僕を不審者と思ってまだじっと見ているに違いないと思ったからだ。

橋を渡り切って角を左に曲がっても心臓の鼓動は治まらなかった。神経質な人が理由もなく突然不安を感じ、過呼吸になるかもと焦り始めた時にそうするように、手のひらで鼻と口を覆い、息を吐くことに集中した。

そうやっているうちにいつの間にか商業施設にたどり着き、雑踏に紛れ込んでいた。人混みの中に入ると、むしろ気分が落ち着いたような気がした。

ホテルに戻るとフロントの前に坂井さんが立っていた。スマートで姿勢が良かった。品のいい笑みを浮かべて僕に会釈をした。僕も僅かに顎を引いた。エレベーターに乗ろうとした時に、坂井さんがスッと寄ってきた。

「体調は大丈夫ですか？」

坂井さんから笑みが消えていた。

「は？」

坂井さんからそんな言葉をかけてもらうとはこれっぽっちも思わなかった。

「いえ、少し顔色が悪いように思ったものですから」と彼はいかにも心配そうに言った。

僕は今、坂井さんにとって少し顔色が悪いように見えるらしい。業務上とはいえ、この人は一体どれほど僕のことを心配してくれているのだろう。

偽善者という言葉が頭に浮かんだ。この人は本当の坂井さんだろうか。それとも上辺だけの坂井さんじゃないだろうか。

「別に、大丈夫ですよ」笑みを浮かべたつもりだった。が、引きつった顔になったような気がした。

「失礼いたしました」と坂井さんは言った。「あの……」

「何か？」

「延長はされますか？　明朝まででございますが」

「ああ、そうでしたね。ちょっと考えます。延長する場合はいつまでに言えばいいんですか？」

「明日のチェックアウトまでの間に……　延長するかもしれないのでしょうか？」

「さあどうでしょうね。じゃ」

ぶっきらぼうにそう返事をし、くるりと背を向けた。自分でも冷たい態度だと思った。そのまま振り返りもせずにエレベーターに行った。

ひどくイライラしていた。背中に坂井さんの視線を感じ、そのことがなおさら僕を苛立たせた。二台のエレベーターはしかし、二台ともなかなか降りてこなかった。

（延長するなら、さっさとそう言えばいいんだろ。だけどなんでそんなことをあんたにせっつかれなきゃいけないんだ。僕は客だ。チェックアウトした後でやっぱり泊りたくなったら通常料金を払えばいいだけじゃないか。いかにも心配していますみたいな顔をしやがって。そんな上っ面の同情みたいなのが一番嫌いなんだ。あなたのことを気にかけていますよ、みたいな素振りは気持ちが悪いんだ。フン、どうせ、一応マニュアル通りに声をかけたっていうアリバイ作りだろ。いい加減にこっちの方を見るのはよしてくれ）

坂井さんに向かってそんなふうに喚き散らしたい衝動に駆られた。実際、振り返ってそうしそうになりかけたと思う。とその時、ランプが点滅して扉が開いた。

サッと中に入り、5と閉のボタンを続けざまに押した。閉じかけた扉の隙間から、坂井さんが向こうで別の客と話をしているのが見えた。すると今度は、なんだ僕のことなんか全然気にしてないじゃないか、僕は大事な客じゃないのか、と嫉妬していた。扉が閉まり、エレベーターが上昇した。

どうかしている……　僕はたぶん、家に帰るべきなのだ……

部屋に入ると、電気もつけずにベッドに身を投げた。ひどく疲れていた。ひどく眠かった。レースのカーテンの光は弱くて柔らかだった。夕暮れに近いのだろうと思った。橋で起こった出来事が頭に浮かびかけた時に意識が飛んだ。


僕は母の夢を見ていた。夢の中で、ああ僕は今夢を見ているんだ、とそう分かった。

夢の中の母も病室にいた。母はしかし、ベッドに横たわっていなかった。病人の傍で丸椅子に座っていた。よく見れば、ベッドにいるのは僕だった。幼い頃の僕だ。母もずっと昔の母だ。若い。昔の写真で見たことのある母だ。髪も少し長い。あごの辺りまである。孝志を身ごもり、下腹が少し膨らんでいる。

僕の左手には点滴の針が刺さっていて、外れないように絆創膏が貼られている。注入が始まってから随分時間が経ったのだろう、ぶら下がっている透明のバッグはぺちゃんこにへこんでいる。

そういえば、小学校に上がるまで僕はとても体が弱かったっけ、と夢を見ている僕は思い出した。一、二か月に一度は小児科の町医者にかかった。喘息持ちでしょっちゅう咳をしていたし、すぐに熱が出た。

三つか四つだった頃、一度入院したことがあった。この夢はたぶんその時のだ。

掃除機をかけている母を驚かそうと忍び寄り、廊下から居間へ、居間から台所へと進む母の後ろをついていったのだ。それが良くなかった。昔の掃除機だ。真後ろから吹き出る粉塵を吸い込み続け、いつもよりずっと喘息が悪化した。熱が何日も下がらず、かかりつけの医者がこのままではダメだと判断して総合病院につないでくれたのだ。

「夜もちゃんと見ていますから、心配しないでお帰りください」そんなふうに女の看護師が母に言ったのを耳にして、僕は子供ながらにとても不安になった。が、母は身重でありながら僕が寂しがらないようにと、退院することになるまでの五日間連続で泊り込み、昼も夜もつきっきりでいてくれたのだ。

母がすぐ傍にいると分かっているからだろう、夢の中の僕はとても安心しきったような顔ですやすやと寝ている。けれども母はとても心配そうな顔で僕を見つめている。やさしく僕の手を握ったり、頭を撫でたりしている。

この人は毎日毎日こんな顔で僕のことを見守ってくれていたのだ。ごめんね、母さん、僕がもっと丈夫だったら良かったのにね。僕は夢の中で急に悲しくなり、背後から母にそう話しかけた。けれども母は僕の声に気づかない。

どうして僕はこの人ともっと話さなかったのだろう。どうしてもっとありがとうと言わなかったのだろう。

母が少し身を乗り出し、眠っている僕に向かって何か話しかけている。何を言っているのだろう。

僕は夢の中で母の背後からそっと近づく。でも何も聞こえない。もっと近づく。僕の顔は母の頬にほとんど触れそうだ。それでもやっぱり聞こえない。全然聞こえない。

ねえ、母さん、僕に何を言っているの？　あの時僕に何を言っていたの？

ねえ、母さん、母さん、母さん……


電子音で目が覚めた。僕は暗闇の中にいた。スマホが鳴っていたのだ。それがポケットの中にあると気づくまでに少なくとも四、五回コール音が繰り返された。

画面は真弓と表示していた。

「今どこ？」

そう聞かれ、一瞬戸惑った。手探りでシーツを撫で、そこがシングルルームのベッドの上であることを確かめた。

「ホテル」

「ホテル⁉　まだホテルなの⁉」大声だった。

「うん」

はあー、と長いため息が聞こえた。

「あんたさあ、バッカじゃないの」

なじられているのに、真弓の声は僕をホッとさせた。

「僕もそう思うよ」

真弓は黙っていた。あきれて物が言えず、しかめ面をしている顔を容易に想像することができた。

「何かな?」自分の声が妙に冷めているように思った。

「何かな、じゃないでしょーが! さっきトモちゃんに電話したらずっと家に帰っていないって言うから!」

「仕方ないよ」

「どーしてっ!」と真弓は怒鳴った。

「だって君の話を聞いていたら、なんとなく帰るのが億劫になったんだ。一人になって、頭の中をよく整理しなきゃいけないって思ったんだ。宿題の答えをみつけなきゃって」

そう言うと、真弓はまた黙ってしまった。今度は神妙な顔が浮かんだ。僕は彼女のせいにしてしまった気がして自己嫌悪した。あるいは真弓もまた僕と似たような気持ちでいるのかもしれないと思った。

僕たちはしばらく沈黙したままだった。

できることなら昼間の橋の上で起きた出来事を彼女に話したかった。それから僕たち家族と真弓が偶然橋の上で会った時のことも。彼女も覚えていて、あの時に同じような感覚を抱いていたとしたなら、僕も真弓も同じ苦悩を分かち合うことができ、そのことで楽になれるだろう。そう思ったのだ。

でもやっぱりそんなおぞましいことは話さなかったし、話せなかった。杉田君が彼の兄と苦悩を分かち合えていればと言っていたことを思い出したのだ。それと同じような感覚を抱いたことをなんとなく嫌悪し、忌み嫌ったのだ。

「そうね」とおもむろに真弓が口を開いた。

弱々しい声音に変わっていた。

「宿題だって、私が言ったんだもんね。ごめんなさい。私が悪かったわ。無責任なことを言って。でもさ、そんなくだらないことを考えるのはもうよしなさいよ。そんな答えなんて分かるわけがないのよ。私はいらない。答えなんていらない」

でも、と僕は声を漏らした。

「でももへったくれもないわ。がむしゃらに生きるしかないのよ。くだらないグチャグチャしたことにいちいちくよくよして落ち込んでいじけているからダメなのよ。そんなことで思考停止して手も足も止めてしまうから余計なことを考えるのよ。家の中のあんたも会社の中のあんたもね。

私だってそうよ。いつだってくじけそうなの。だから必死で生きるしかないの。そうしないとあんたも私も、ううん、誰もがよ、誰もが杉田君みたいになっちゃうの。だから、何も考えずに目の前の大切なことに集中して一生懸命必死にやり続けるしかないの。あんたのお母さんみたいにね」

僕は母のことを思い出した。あの狭いベッドの中でバタバタとしている母の姿をだ。

「そうだね」と僕は言った。

「さっさと家に帰りなさい」と真弓はささやくように言った。

「うん」

「おばさんは元気？」

「元気だよ。でも今日はちょっと風邪気味だったかな」

「そう。また行ってもいい？　私一人で」

「もちろん。喜ぶと思うよ」

「うん、ありがと」

そんなことより、君はあの絵をこれからもずっとあのまま飾っておくつもりなの？

そう聞きたかった。けれども僕がためらっているうちに、じゃあね、と真弓の声がして電話が切れた。なんとなく、僕よりも真弓の方が何倍も何十倍も苦しんでいるような気がした。

しんとした。スマホから光が消えた。真っ暗になった。すると、ついさっきまでの会話の現実感が失われていくような感覚に襲われ、ひどく不安になった。スマホをタップした。画面は 19：03 と表示していた。

まだ間に合う、と思った。母に会いたかった。母に会えば元気になれるような気がしたのだ。

財布だけを持って部屋を出た。フロントに坂井さんがいて、僕に会釈をした。僕もそうした。

エントランスを出ると、ちょうどタクシーがやってきて、それに乗った。

21

母はしかし、眠っていた。見事に眠っていた。

僕は丸椅子に座り、観察した。母は口を開けて呼吸をしていた。ヒュウヒュウと音がしていた。唇はカサつき、所々皮がむけていた。口の中を覗くと、口蓋がカラカラに乾いて白くなっていた。ベッドの脇の容器にはドロッとした痰が昼間見た時よりも随分増えていた。

真弓の言うとおりだと思った。

母は今日も一日、このベッドの上で必死に生きたのだ。余計なことを考えずにがむしゃらに生きたのだ。そうやって今、ぐっすりと眠っているのだ。この人は僕に範を示してくれているのだ。

チャイムが鳴り、アナウンスがかかった。もう少しここにいたかった。あと少しで八時だった。今日は几帳面じゃない方の警備員なのだろう。が、いや、と思い直した。もしかしたらこの警備員は、患者と見舞い人が時間を気にせずに少しでも長く一緒に居られるようにと、わざと遅く再生ボタンを押しているのかもしれない。

「ありがとう、母さん」と僕は静かに声をかけた。「また来るよ」

カーテンをくぐり抜ける時、母の声がするのを期待した。けれどもしんとしたままだった。

この時母は、まだしっかりと生きていたのだ。


翌朝、医師からの電話に気づいたのは九時過ぎだった。僕はその時ベッドに腰掛けていた。窓の外の曇天のように気が滅入っていた。荷物を全部入れてしまったスーツケースをぼんやりと見ながら、家に帰ることをまだためらっていた。

その時にスマホが鳴った。見知らぬ電話番号だったので無視しようとした。けれどもその電子音はどうにもまとわりつくような湿った音で、それに引かれるようにして指が緑色の円をスライドさせたのだった。

「小林さんですか？　お兄様ですか？」と相手の男は言った。なんとなく聞き覚えのある声だった。

はい、と僕は言った。

「お母様の担当医です」と彼は言った。「緊急連絡先を見て電話しました」

ああ、と思い出した。胃ろうを勧めてくれた医師の顔が浮かんだ。母が安定してからずっと会っていなかった。

「今、お母様は心肺停止の状態にあります。痰が詰まって窒息したのです。お父様とそれから弟様にも電話をしましたが、どちらも出られませんでした。お兄様が今、最後につながりました。とにかく今申し上げた状況にあります。こちらに来ることができますか？」

医師は抑揚のない声で淡々と言った。

オカアサマハシンパイテイシノジョウタイニアリマス。

それはただの音声だった。

「分かりました。すぐに向かいます。二十分以内にそちらに着くと思います」

心臓の鼓動が高鳴っているのが分かった。気が動転しているのに、自分の声がやけに冷めているように思った。

スーツケースを引いてロビーへ降りた。フロントにいたのは見知らぬ女のスタッフだった。

僕はやっぱり冷静ではなかったらしい。自分の言っていることが彼女に上手く伝わらずに焦った。

とその時、後ろから、どうされました小林様、と声がした。振り返ると坂井さんがいた。

状況を話すと、精算は後で、スーツケースは預かります、と彼は瞬時に提案した。僕は礼を言って外に飛び出した。

ホテルの前にタクシーの影はなく、駅のロータリーへと走った。顔に何か冷たいものが当たった。見上げると、淡雪がひらひらと落ちてきた。それはいかにも儚(はかな)げで次々と地面に触れては一瞬で消えた。

小型の看板の前に三、四人が並んでいた。そこに車はなく焦った。その先の中型の前には人も車の影もなかった。が、ちょうど黒塗りのタクシーがそこへやってきて停まった。僕は三、四人分の視線を振り切りながら足早に通り過ぎ、その中型に乗った。病院の名を告げると、白の帽子を被った運転手は頷いただけで、静かに発車させた。

タクシーの中で弟に電話をすると、すぐに出た。家の中で掃除機をかけていて電話に気づかなかったらしかった。父を連れてすぐに向かうと彼は言った。

電話の会話を盗み聞きし、気を利かしてくれたのだろう。熟練者らしき運転手は少しスピードを上げた。彼はまた、日曜の病院の出入り口をも承知してくれていた。車は敷地に入ると、迷う様子もなく裏口へと進み、停車するのとほとんど同時にドアが開いた。僕は千円札を三枚差し出し、釣りはいらないと言って飛び出した。

病室に入ると医師が心臓マッサージをしていた。久しぶりに見た医師は、以前見た時の柔和で自信に満ちた彼とは別人のようだった。顔は強張り、額に薄っすらと汗が滲んでいた。僕は、自分の母でありながら、心肺が停止している人間というものをまともに見ることができずにその汗をじっと見ていた。

この人はずっとこのマッサージをやり続けていたのだろうか。いくら何でもそうではないだろう。過酷な作業だ。僕が来る頃合いを見計らって、一度止めた手をまた動かし始めたのかもしれない。

母のことをそっちのけでそんなことを考えていた。隣では太った女の看護師が心配そうに母を見つめていた。初めて見る顔だった。立川さんだったらよかったのにとちらと思った。それからようやく母に目をやった。

母の目は天井を向いていた。けれどもそれはただ開いているというだけで、いつものそれではなかった。開きっぱなしだった。その両方の瞳とも静止していた。手も足もバタバタなんかしていなかった。ただ、だらんとそこに放り出されていた。何よりも、息をしていなかった。

僕は、まるで自分が役者で、何かのドラマのワンシーンを演じているかのように、母の顔に自分の顔を近づけ、母さん、母さん、と呼びかけた。そうしながら、自分の中で何の感情も湧き起こってこないことを不思議に思った。淡々と医師に質問したくらいだった。

「先生、母の状態は？」抑揚もなくボソッと呟いたような声になった。

医師は口をギュッと結び、僅かに首を左右に振っただけだった。誰が見ても明白な答えが出ているということなのだろう、白目にならなかった。相変わらず一生懸命母の胸を圧迫し続けている。そうして僕の問いに答えることなく、代わりに僕に聞き返した。

「どうしますか？　ほかのご家族の方はこちらに向かっているのですか？　もう少し待ちますか？」

僕はその時、その言葉の意味を理解しなかった。場つなぎのただの会話くらいにしか思わなかった。が、それは違った。全然違った。医師は暗に、臨終を告げていいでしょうか、と僕に尋ねていたのだ。ところが、その時だった。

母の胸が大きく膨らんだのだ。同時に両肩も持ち上がり、スゥーと息を吸い込んだのだ。医師がパッと手を離し、おぉっ、と声を漏らした。信じられない、と言葉が続いて出そうな、おぉっ、だった。それは間違いなく彼の心からの驚きの声だった。

「よし子さんすごいね」と彼は呟くように言った。

いや、僕こそが驚いていた。母はしっかりと息をしていた。けれどもよく見ると、それは不自然に力の入りすぎた呼吸のようだった。喉がグーッと大きく動き、まるで最後の力を振り絞っているように見えた。

僕は母の空虚な目を覗き込みながら、母さん、母さん、と呼び続けた。すると、その中の瞳（死を迎えるにふさわしいあの灰色に濁った瞳だ）が、僅かだが、しかし確かに僕の顔の方にきょろっと動いたのだ。その瞳の先は間違いなく僕の瞳のそれと合わさった。でもそれはほんの二、三秒のことだった。

それが本当に僕と母との最後だったのだと思う。

母の瞳の先は再び天井の方向へとずれ、そのまま動かなくなってしまった。

不自然な呼吸はまだ続いていた。が、医師は何かを確信したかのように一度頷くと、母の口に人工呼吸器のマスクを当てた。その緑色のプラスチックの内側がふわっと白く曇ったのを見、彼は静かに病室を出ていった。看護師も一緒にいなくなった。

母の目にはもはや生気がなかった。全く、完全に、なかった。僕はそれを認めた。いくらもしないうちに咽喉の動きが止まった。マスクはもう曇らなかった。

しばらくして医師が再びやってきた。ナースステーションかどこかで母につながれた計器のモニターを観察していたようだった。彼は僕にはっきりと分かるように自分の腕時計を見る仕草をした。

「残念ですが、これ以上は」と言って母の口元からマスクを外した。

僕はつばを飲み込んだ。

「九時五十分、御臨終です。よし子さん、四か月間もよく頑張りましたね」

医師はそう言うと、右手でそっと母の頬を撫で、病室を出て行った。

僕と母は、父と弟が到着するまでそこに二人きりでいた。窓の外は真っ白で、僕はその降りしきる雪をぼんやりと見ていた。

ねえ、母さん、あの時僕に何を言っていたの？　ねえ、頼むから何か言ってくれよ。

口がひとりでにそう繰り返していたような気がする。


それから後のことをあまりよく覚えていない。慌ただしい葬儀を終わらせることに集中していたのだと思う。余計なことを考えることもなく、母や母の葬儀のことを話題にしては、知子や仁志や恭子と会話をしていた。そのおかげで葬儀が終わった時には、自然に自分の家に戻っていた。母が自分の死をもって僕と僕の家族をもう一度つないでくれたのだ。そう思った。

葬儀を終えた翌日に駅前のホテルに行った。精算をしてスーツケースを受け取り、坂井さんに礼を言った。自分のした素っ気ない態度のことがちらと頭に浮かんだが、坂井さんの穏やかで優しげな顔がそれをすぐに消してくれた。

忌引きを終えて会社に出ると、新しい課長がいた。年上の課長で穏やかそうな人だった。だからといって僕の仕事に変化があるわけでもなかった。竹下君はもうその課長と親しげに何か話をしていた。同期の課長補佐は元どおり静かになっていた。

真弓とは葬儀で挨拶を交わしたきり、会っていない。彼女から昼食の誘いもなければ、電話がかかってくることもない。そのことでがっかりしているかと言えばそういうわけでもない。そういえば最近何も連絡がないな、と思うことがたまにあるくらいだ。何故だろう、ついこの前まであった真弓に対する特別な感情のようなものもどこかへ消えてしまったような気がする。

それでもやっぱり、不意に心が乱れ、息苦しくなる時がある。ふと、あれはまだあそこにあるのだろうか、と真弓の部屋で見た肖像画のことを思い出すのだ。

『この絵は杉田君。彼は今こうして私をちゃんと見てくれている』

もしかしたらそんなふうに呟きながらぼんやりと壁を眺めている真弓のうつろな表情を想像してしまうのだ。すると、それと一体不可分のように、橋の上で僕の身に起きた出来事が頭に浮かんだ。それらのことが杉田君の記憶とぐちゃぐちゃに混ざり、忌まわしい偶像のようなものになって僕に重くのしかかった。

けれども時間の経過とともに、その頻度も度合いも少しずつ少なくなっているような気がする。この頃はもう、杉田君の顔もあの肖像の顔もはっきりと思い出せない。七三分けののっぺらぼうがボーッと浮かぶだけだ。それどころか、真弓の部屋にあの絵があろうがなかろうがどうでもいいと感じている自分がいることに気づいて驚く。

そんなふうであるのはしかし勘違いで、あの忌まわしいものがただ僕の奥底にこっそりと隠れ潜んでいるだけなのかもしれない。あるいは、ひょっとしたら母がその半分くらいを持ち去ってくれて、その分だけ僕の中から本当になくなってしまったのかもしれない。

でも、そんなこともどうでもいい。

前と何かが変わったような気もするし、何も変わっていないような気もする。ただ一つ確かなのは、僕にとって唯一愚痴を聞いてくれていた母がいなくなったことだ。そのせいで仕事が終わると、どこにも寄らずにまっすぐ家に帰るようになったことだ。

あるいは、もう一つあるとすれば、それは僕にとってはたぶん前向きなことであるように思う。母の声が耳に残っているのだ。

トモコサンヲダイジニシナサイ。

少しずつだが、知子と話をするようにしている。夕食のおかずのことだとか、仁志の受験や恭子の部活のことだとかの他愛もない普通の会話だ。当分はぎこちないままだろうし、この先も寝る部屋は別々かもしれないけれど。それでも今、僕はリビングにこうして彼女と二人きりでいる。たまにだがここで四人揃う時だってある。

ああ、そういえば、不思議と月曜の朝はもうそれほど憂鬱ではない。夜明けの光を目にする時、希望が湧くなどとはとても言えないにしても、少なくとも真夜中に覚醒した時に抱いてしまうあの不安とか焦燥感のようなものは消えている。

母が死んで二か月ほどが経ったある日のことだ。土曜日だったと思う。一通の封筒が郵便受けに挟まっていた。その二か月の間に冬のピークは過ぎ、母の好きだった春に近づいた。

もしかしたら実家の庭で月照が咲いていたかもしれない。

封筒の中味は、母のおむつの最後の請求書だった。僕はそれを手にして外に出た。今にも雨が降り出しそうな空だった。

自転車に乗ってコンビニに行った。代金を支払うついでに、ジッポのオイル缶と百円ライターを買った。それから海に行き、誰もいない砂浜でクイーンのカセットテープを燃やしたのだった。

風が強かったせいだと思う。火がなかなかつかなかったことをとてもよく覚えている。

装画　著者
装幀　大森賀津也

母(はは)は眠(ねむ)る。見事(みごと)に眠(ねむ)る

著者

ワカヤマ　ヒロ

発行日

2025年1月7日

発行　株式会社新潮社　図書編集室

発売　株式会社新潮社

〒162-8711　東京都新宿区矢来町71

電話　03-3266-7124

印刷所　錦明印刷株式会社

製本所　加藤製本株式会社

ISBN 978-4-10-910296-4 C0093

価格はカバーに表示してあります。